존재만으로도 반짝반짝 빛나는

______________ 님께 드립니다.

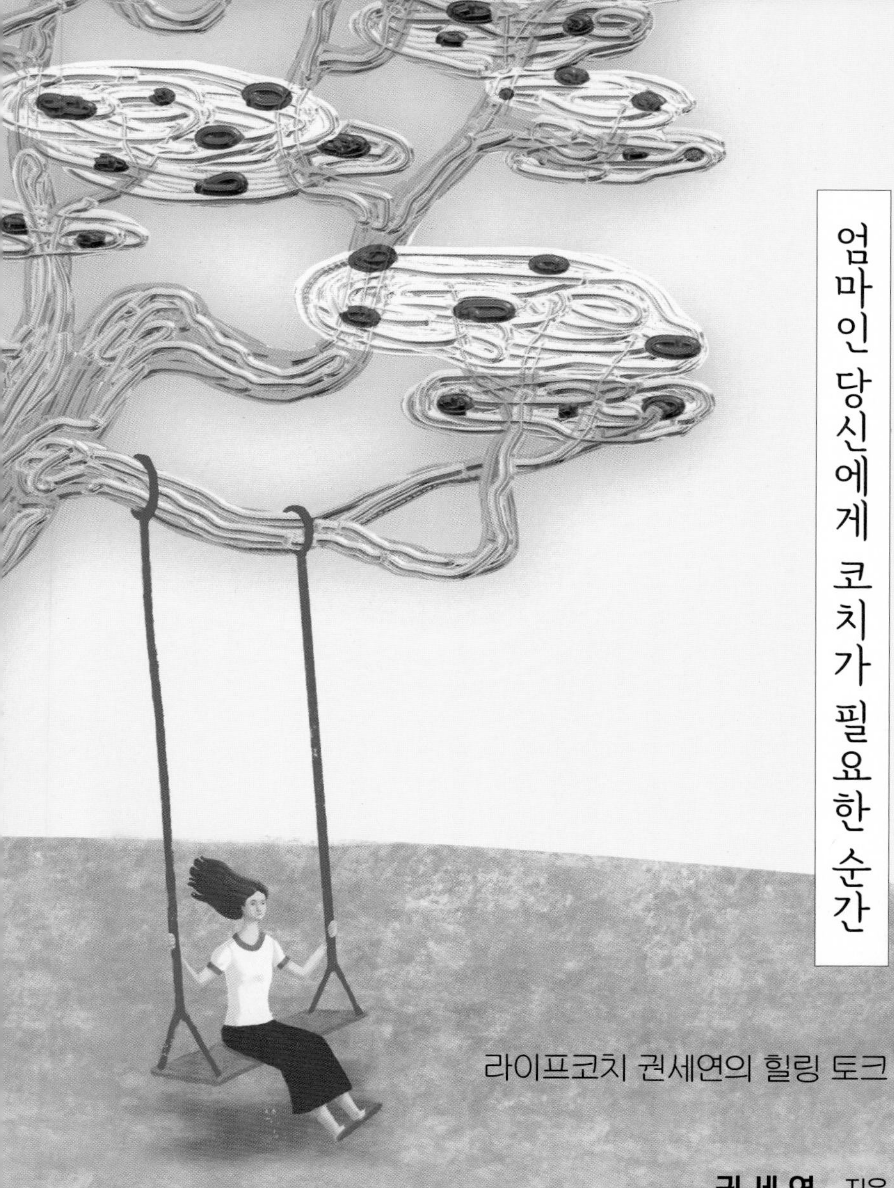

엄마인 당신에게 코치가 필요한 순간

라이프코치 권세연의 힐링 토크

권세연 지음

대경북스

엄마인 당신에게
코치가 필요한 순간

1판 1쇄 인쇄 2021년 8월 5일
1판 1쇄 발행 2021년 8월 10일

지은이 권세연

발행인 김영대
표지디자인 김영대
편집디자인 임나영
펴낸 곳 대경북스
등록번호 제 1-1003호
주소 서울시 강동구 천중로42길 45(길동 379-15) 2F
전화 (02)485-1988, 485-2586~87
팩스 (02)485-1488
홈페이지 http://www.dkbooks.co.kr
e-mail dkbooks@chol.com

ISBN 978-89-5676-863-2

"책 꼭 쓰시길 추천합니다."

제가 권세연 코치에게 처음으로 전한 말이자 우리의 인연이 시작되게 한 말입니다. 우연히 권 코치가 쓴 글을 읽게 되었습니다. 글을 읽으면서 권 코치는 마음을 참 잘 표현하는 사람이라는 생각이 들었습니다.

저는 코치로 25년 이상 일을 하고 있기에 즐거운 직업병으로 개개인의 탁월성을 잘 알아보는 편입니다. 그래서 권 코치가 단순히 글이 아닌 책을 '꼭' 썼으면 좋겠다는 이야기를 전한 것이었습니다. 그 후로도 권 코치는 본인이 코칭했던 사례를 쉽고 직관적이며 누구에게나 유익이 되는 명료한 글로 정리하여 볼 수 있게 해주었고 꾸준히 소통하였습니다.

권 코치는 지난 해 본인에게 주어진 시간의 전부를 기혼여성을 대상으로 코칭하는데 썼다고 해도 과하지 않을 정도로 온 정성과 시간을 들였습니다.

코칭 문화가 과거보다는 많이 활성화되고 있으나 사실 기업인이 아닌 일반인들에게 대중적으로 확산이 되지 않은 것이 현재 상황입니다. 이러한 시기에 권 코치가 가정에서 코로나의 선봉에 서있는 엄마들에게 코칭을 전파하고 그들이 다시 희망을 갖고 일어설 수 있도록 애쓴 것은 박수 받아 마땅한 일이라고 생각합니다.

'여자는 약하지만 엄마는 강하다.'라는 말이 있습니다. 아무리 엄마가 강하다 한들 한번도 겪어보지 못했던 코로나19 시대는 그녀들에게 너무나 가혹하리 만큼 많은 것을 감당하게 했습니다. 그녀들에게는 누군가의 엄마, 아내로 조금만 더 참아보라는 말보다 지금 잘하고 있다고 무한한 사랑과 지지를 해줄 수 있는 사람이 필요했을 것입니다. 권 코치 또한 어린 자매를 키우는 엄마, 회사를 다니는 직장인, 대학원에 다니는 학생으로 많이 힘들었을 것입니다. 거기에 이 책까지 집필하였으니 하루 하루 얼마나 치열한 시간을 보냈을지 생각하면 안쓰럽고 정말 존경스럽습니다. 하지만 그랬기에 그녀들에게 더 큰 공감과 진심어린 응원을 보낼 수 있었으리라 생각합니다. 한번은 권 코치에게 어떤 힘이 지금 하는 일들을 가능하게 하는지 물었습니다. 권 코치에게 돌아온 답변은 아주 심플하지만 실천하기에는 어려운 것이었습니다.

종교가 없는 권 코치는 코칭의 철학을 삶을 지탱하는 기반으로 여기며 살아간다고 하였습니다.

매일 새벽 4시에 일어나 세 문장을 쓰고 반복하여 되뇌인다고 합니다.

'감사합니다.' '덕분입니다.' '사랑합니다.'

그러면 거짓말처럼 피로가 풀리고 하루를 즐겁게 살 에너지가 채워진다고 하였습니다.

늘 주문처럼 열정적으로 때론 처절하게 스스로에게 전했을 저 세 문장을 오늘은 제가 권 코치에게 들려주고 싶습니다.

'코칭을 이렇게 일상 생활 깊숙히 녹아들도록 애써주셔서 감사합니다.'

'아직은 미세하지만 엄마들이 변하고 힘을 내고자 하는 움직임이 보이는 것은 권 코치님 덕분입니다.'

'정말 애 많이 쓰셨고, 진심으로 사랑합니다.'

권 코치는 독자들이 이 책에서 다양한 코칭 사례를 경험하면서 그들이 원하는 삶을 이루었으면 하는 간절한 사명감으로 이 책을 완성했다고 합니다. 이 책 속의 고객은 엄마였지만 사실 이 책 속의 고객은 현 시대를 살아가는 모든 사람을 아우를 수 있습니다. 책을 찬찬히 읽다보면 어느 덧 스스로 무언가를 해보고자 하는 의지가 샘솟는 것을 느낄 수 있을 것입니다.

권 코치는 저에게 가장 최근에 생긴 제자입니다. 관계를 정의하지 않은 채 코칭이라는 공통분모를 가지고 서로 즐겁게 소통하던 어느 날 권 코치는 저에게 진지하게 질문했습니다.

"코치님, 저도 코치님을 멘토 코치님이라고 해도 되나요?"

이 질문을 받고 얼마나 웃었는지 모릅니다. 제가 코칭을 처음 시작하던 25년전 순수하고 열정적인 모습이 떠올랐기 때문입니다. 권 코치의 순수한 마음과 열정이 고객들에게 닿는다면 국내뿐만 아니라 해외까지 코칭으로 춤추게 할 수 있으리라 확신합니다. 소명은 타인이 나와 같은 고통과 힘듦을 겪을 때 함께 느껴주고 수용하면서 그들도 같은 고통을 겪지 않도록 도와 주고 기여하고자 하는 순수한 사랑에서 만들어집니다. 우리보다 더 큰 뜻이 권세연 코치를 통해 일하셨고 지금도 일하고 계신다고 생각합니다.

앞으로 어떻게 일하실지 함부로 판단할 수 없을 정도로 가슴이 벅차오릅니다. 지금 이 글을 읽고 계신 분들이 본인 삶의 소중한 가치를 발견하고 변화·성장하는 데 이 책이 귀하게 쓰일 것임을 확신하며 나와 같은 감동의 경험을 하시길 진심으로 바랍니다.

권세연 코치의 멘토코치

폴 정(Paul Jeong), Ph.D, MCC

등에는 둘째가 잠들어 있었고,

양 손은 잠투정하는 첫째가 탄 유모차를

앞으로... 앞으로...

그리고 또 앞으로 밀며

어서 이 시간이 끝나기를 바라며 정처 없이 동네를 떠돌고 있었다.

내 눈은 첫째를 응시하고 있었지만, 아이를 보고 있지는 않았다.

그러다 내 초점 없는 시선이 머문 곳.

캄캄한 어둠 속에서 주황색 가로등 하나가 애꿎은 핸드폰만 만지작거리며 한숨 짓는 수유복을 입은 여자를 비추고 있었다.

'정류장'

나 또한 저 자리에 앉아본 적이 있기에

그녀의 막막함이... 고단함이...

이러지도 저러지도 못하는 슬픔이 눈에 선명하게 보였다.

그녀 곁에 앉아 내 어깨를 빌려주고 싶었지만,

이미 내 등에, 손에 아이들이 있었기에 스치듯 지나칠 수밖에 없었다.

그저, 그녀가 툭툭 털고 다시 일어나길.

온 마음 다해 응원을 보냈을 뿐이다.

몇 년이 흐른 이야기이지만, 아직도 이렇게 생생한 걸 보면

그날 내가 본 여자는, 타인이 아니라 나 자신이었는지도 모르겠다.

정류장을 이탈리아어로 '페르마타'라고 한다.

페르마타가 음악 용어로 쓰일 때는

'잠시 쉼, 멈춤, 두세 배 길게 연주'라는 뜻으로 쓰인다.

같은 페르마타라도 작곡가의 의도에 따라 음악의 어느 지점에서
만나느냐에 따라 곡을 듣는 청중의 느낌은 확연히 달라진다.

곡의 절정에서 페르마타를 만나면 극적 긴장감은 최대치에 다다르고
곡을 듣는 청중도 함께 숨죽이며 몰입하다 페르마타가 마무리될 때
비로소 긴장이 풀리며 편안해진다.

반대로 편안한 멜로디의 마지막 음에서 페르마타를 만난다면
청중들도 음의 여운을 느끼며 이완할 수 있는 상태가 된다.

다시 페르마타의 본래 뜻인 '정류장'으로 돌아오면,
정류장은 이용하는 사람에 따라 도착, 시작, 그리고 환승장일 수도 있다.
그러나 확실한 것은 목적지가 분명하다면 우리가 정류장에 있다는 것은
멈춰있는 것이 아니라 어디로든 갈 수 있다는 희망과 연결되어 있다는
것이다.

여기에 '함께'라는 말이 들어간다면 더할 나위 없다.

이 책은 정류장에 '잠시' 멈춰선 그녀들의 이야기를 담았다.

말하기보다 가슴으로 들으려 애썼고, 문제를 해결해주기보다 그녀들의 삶을 함께 들여다보는 과정을 기록했다.

'인생을 살아가면서 변화하고 성장하고 싶게 하는 가장 확실한 동기부여는 무엇일까?'

라는 물음이 그 과정을 기록하는 동안 계속 따라다녔다.

그리고 마침내 대화했던 많은 분들이 공통적으로 하셨던 이야기를 통해 그 답을 알게 되었다.

"제 이야기를 이렇게 많이 해본 것은 정말 오랜만인것 같아요.

이제 제 삶에 희뿌연 안개가 걷힌 느낌이에요. 선명해졌어요.

제 이야기를 들어주셔서 진심으로 감사합니다."

가장 확실한 동기 부여는 나를 나로 인정해주는 말과 애정 어린 눈빛이다.

내가 살아있음을, 가치있는 존재임을 느낄 수 있게 나와 대화를 나누고

기꺼이 책으로 쓰는 과정까지 동행해 준 그녀들이 눈물 나게 고맙다.

그리고 뜨거운 감사와 사랑을 전하고 싶다.

홀로 정류장에 앉아 있던 그녀 곁에

이제라도 조용히 앉아

어깨를 내어줄 수 있어 다행이다.

2021년 7월

커리어 · 라이프코치 권세연

엄마, 아내가 아닌

권세연이 담긴 이 책을 떨리는 마음으로 전합니다.

엄마로, 아내로 늘 곁에 있던 내가

나를 찾아가는 여행을 시작하며 달라진 모습에

당황했음에도 불구하고 묵묵히 기다려준 사랑하는 남편 정현.

따뜻한 공감능력으로 매일 감동을 선사해주는 큰 딸 민소.

애교와 사랑이 많아 항상 나를 웃게 해주는 둘째 딸 도원.

감사합니다.

덕분입니다.

사랑합니다.

| 목차 |

제1장 되찾고 싶어요, 나

제2장 가지고 싶어요, 휴식

| 제 1 장 |

되찾고 싶어요, 나

도전을 시작할 용기가 필요한 그대에게

"하루에 '깡'을 몇 번 해요? 1일 1깡이요? 에이~.

아침 먹고 '깡', 점심 먹고 '깡', 저녁 먹고 '깡', 하루에 '3깡'은 해야죠."

새우깡, 감자깡, 고구마깡 이야기가 아니다.

2020년 〈놀면 뭐하니〉라는 예능 프로그램에서 가수 비가 직접 한 이야기이다.

비는 2000년대를 풍미하며 대한민국 남자 솔로가수 NO.1이었으나, 2017년 발표한 '깡'은 듣는 사람의 손발을 오그라들게 만드는 유치한 가사로 '병맛노래'라는 조롱을 받았고, 2019년 개봉한 〈자전차왕 엄복동〉은 흥행에 참패하면서 비는 망한 대상을 풍자하는 조롱의 대명사가 되었다.

한물간 스타로 취급받던 비가 주말 예능 프로그램에 나온다고 했을 때 대중들은 비가 주눅들어 있을까봐 걱정했다. 그러나 저 한 마디로 비는 보란 듯이 역전 홈런을 쳤다. 그 누가 놀리더라도 본인이 최선을 다한 노래 '깡'에 자부심이 있기에 가능한 일이었을 것이다.

사람들은 비의 당당한 모습에 열광했고 '깡 열풍'이 불기 시작했다.

비는 더 이상 한물간 스타가 아니었다. 매사에 열정적이고 최선을 다하는 사람이었다.

비는 인터뷰 후 과거보다 한층 노련해지고 업그레이드된 댄스 실력을 보여주며, 열심히 사는 것이 무엇인지 화룡점정을 보여주었다.

권코치 오늘 기분은 어떤 색이 떠오르시나요?

미정 녹색이 떠올라요. 정말 오랜만에 푸릇푸릇한 자연에서 놀다왔거든요. 그 여운이 아직 남아 있어서 그런가봐요.

권코치 이야, 오랜만에 자연에서 놀다 오셨다고 하니 부러운데요. 저도 자연으로 가고 싶습니다.

미정 코치님, 같이 가요!

권코치 좋아요.

권코치 다음에 기회가 된다면 꼭 같이 가요! 약속! 혹시 오늘 저랑 어떤 이야기를 하고 싶으신지 생각해 보신 주제가 있을까요?

미정 저는 제가 뭐가 되고 싶다고 생각한 적이 없어요. 그냥 현실에 맞춰서 살아왔던 것 같아요. 그렇다고 과거를 후회하는 건 아니에요. 그런데 요즘은 꿈을 쫓아가는 사람이 부럽더라고요. 그래서 저도 제가 진짜 바라는 것이 무엇인지 알고 싶다는 생각이 들었어요.

권코치 진짜 바라는 것이 무엇인지 알고 싶다는 생각을 하셨다는 것 자체가 정말 멋진 걸요! 바라는 것이라는 걸 다른 단어로 표현한다면 어떤 단어로 바꿀 수 있을까요?

미정 내 꿈을 찾고 싶다. 이렇게 하면 될까요?

권코치 꿈은 미정님에게 어떤 의미가 있을까요?

미정 삶을 더 재미있게 살아가게 해주는 원동력인 것 같아요.

권코치 원동력! 좋네요! 혹시 주위에 꿈을 명확히 하고 잘 따라가는 분이 계신가요?

미정 제 남편이요!

권코치 와우! 부군이 그러시군요.
조금 더 구체적으로 이야기해 주실 수 있을까요?

미정 남편은 자기가 원하는 것을 단계별로 잘 찾아가요.
남편 꿈은 외곽에 인연들과 지낼 카페를 차려서 운영하는 거예요.

권코치 멋진 꿈을 꾸고 계시네요. 부군의 어떤 모습을 볼 때 노력하고 있다고 느끼셨는지 나누어주실 수 있나요?

미정 일단 돈도 열심히 모으고 카페를 차릴 땅도 보러다니더라고요.

권코치 준비하는 모습을 보면 기분이 어때 보이세요?

미정 즐거워 보여요. 본인이 하고 싶은 일을 알고 준비하는 거 보면 부럽기도 하고요.

권코치 그럼 미정님도 오늘 저와의 대화를 통해 꿈도 찾고 열심히 준비하면서 즐거울 준비가 되셨나요?

미정 네! 좋아요~!

권코치 미정님, 혹시 꿈을 이루기 위해 최근에 시도해 본 것이 있을까요?

미정 꿈을 이루기 위한 시도라기보다는 제가 작년 9월부터 일을 시작했어요. 경력 단절 10년 만에 일을 시작했는데, 재미있기도 하지만 힘들 때도 많아요.

권코치 이미 일을 하고 계시는군요! 경력 단절 10년 만에 일을 시작하시다니! 정말 대단하시네요! 어떤 일을 하고 계신지 말씀해 주실 수 있을까요?

미정 저는 직업상담사로 일을 하고 있어요.

권코치 와! 다른 분들의 직업을 찾아주시는 직업상담사 일을 하고 계시는데,
꿈을 찾고 싶다고 말씀하시니 흥미롭네요.
조금 더 구체적으로 나누어주실 수 있나요?

미정 제 일은 사람들을 만나서 이야기 할 기회가 많아요. 그 분들의 이야기를 들어보면 안타깝기도 하고, 관심이 많이 가긴 하는데, 제 역량이 되질 않으니 한계가 느껴져서 힘들어요.

권코치 미정님께서 만나는 분들에게 애정을 얼마나 많이 가지고 계신지 느껴지네요. 더 많은 것들을 도와주고 싶다고 느껴지는데, 맞나요?

미정 맞아요. 그런데 마음처럼 잘 안 되니까 일이 재미없게 느껴질 때도 있고, 힘들기도 한 것 같아요.

권코치 잘 되게 하려면 어떤 것들이 변화되면 도움이 될까요?

미정 음, 저는 사실 전직지원 컨설턴트가 되고 싶어요.

권코치 전직지원 컨설턴트가 되고 싶으셨군요! 그런데 혹시 처음에 어떤 것을 하고 싶은지 모르겠다고 하셨는데 이유가 있을까요?

미정 그냥 자신이 없었던 것 같아요.
그러니까 말을 꺼내기 어려웠던 것 같아요.

권코치 오, 그런데 지금 이야기를 해주신 건 어떤 마음인지 여쭈어 봐도 될까요?

미정 왠지 지금 이야기를 하면 답을 찾을 수 있을 것 같았어요.

권코치 방금 말씀하신 전직지원 컨설턴트가 되려면 어떻게 해야 하는지 방법을 찾으셨나요?

미정 네, 답을 찾은 것 같아요.

권코치 네? 답을 찾으셨다고요?

미정 지금 이야기를 하다 보니까 제가 전직지원 컨설턴트가 되고 싶으면 그 공부를 시작하면 되겠다는 생각이 들었어요.
교육 과정이 있거든요. 그런데 제가 지금까지는 일과 아이들 키우는 것을 병행하다 보니 겁을 냈던 것 같아요.

권코치 아무래도 일과 육아를 병행하는 건 어렵지요.
그런데 용기를 내야겠다고 생각하신 이유를 여쭈어 봐도 될까요?

미정 코치님께서 아까 말씀하신 것처럼 저는 제가 만나는 분들께 정말 도움을 주고 싶은데, 역량이 부족하니까 안 된다는 생각에 갇혀 있었던 것 같아요. 제가 공부를 해서 역량을 키우면 되는데, 시작할 용기가 부족했던 것 같아요.

권코치 우와! 멋지시네요! 10년 만에 경력 단절을 이겨내고 일을 시작하셨던 경험이 있으시니, 훨씬 더 잘해 내실 것으로 믿습니다! 혹시 공부는 언제부터 시작할 수 있을까요?

미정 내일부터 제가 들을 수 있는 교육 과정 한번 알아보고 제일 처음에 있는 과정 바로 등록해서 들어보고 싶어요.

권코치 좋습니다. 혹시 10년 후의 미정님께서 지금의 미정님께 한마디 해주신다면 어떤 말씀을 해주실 수 있을까요?

미정 지금 공부하기로 생각한 거 진짜 잘했어! 많이 힘들지?
그래도 그때 열심히 공부한 덕분에 전직지원 컨설턴트로 인정받고 재밌게 일하고 있잖아! 다 잘 될꺼야! 조금만 더 힘내!

권코치 와, 저도 함께 응원하겠습니다.
다음에 저도 전직지원 컨설팅 부탁드려도 될까요?

미정 그럼요! 당연히 해드릴게요! 감사합니다!

권코치 혹시 저와 더 하고 싶은 이야기나 새롭게 느낀 부분이 있으시다면 나누어 주시겠어요?

미정 아, 제가 가수 비를 정말 좋아하거든요. 비를 좋아하는 이유가 뭘 해도 성공할 사람이란 생각이 들 정도로 끊임없이 노력하는 모습을 보여주기 때문이에요. 저도 그런 사람이 되고 싶어요.
오늘 이야기를 하다보니 제가 하고 싶은 건 있었는데 노력할 자신이 없었던 것 같아요. 제가 전직지원 컨설턴트가 되고 싶은 이유가 단순히 저 혼자 잘 되고 싶어서 그런 것이 아니라 많은 사람들에게 진짜 도움을 주면 좋겠다는 마음이 저한테 있었다는 걸 느끼니까 진짜 해보고 싶네요. 열심히 해보겠습니다.

권코치 저도 열심히 응원하겠습니다! 나누어 주셔서 감사합니다.

미정 저도 감사합니다.

실습 시간을 채워야 코치 자격증 취득 시험을 볼 수 있는데, 내적 갈등이 생겼다. 나는 코치 자격증이 없는데 사람들한테 뭐라고 말하고 코칭을 시작해야 할까?

아는 사람한테 코칭을 하다 보면 코칭이라기보다는 일상 수다로 흘러가기 일쑤고, 모르는 사람한테 코칭을 하기에는 내가 너무 부족한데 이를 어떻게 해야 할지 정말 난제였다. 그때 필사하던 책에서 내 눈에 들어온 것이 있었다.

'뛰어나고 훌륭하게 시작할 필요는 없다.
그러나 훌륭하기 위해서는 시작해야 한다.'

- 지그 지글러 -

나는 훌륭한 일은 나중에 하더라도 일단 코칭을 시작해 보기로 결심했다. 인터넷 맘까페에 코칭을 받고 싶은 분은 신청해 달라고 글을 올렸다.

'누가 나한테 코칭을 받겠어?'라는 걱정이 무색할 만큼 쏟아지는 코칭 의뢰에 새벽잠과 밤잠을 쪼개가며 코칭을 했고, 코치 자격증 취득은 물론 그 경험을 기반으로 지금 이 책을 쓰기에 이르렀다.

처음에는 나도 두려웠다. 괜히 귀한 시간만 낭비하게 하는 것은 아닐까.

그런데 지금 생각해보니 사실은 상대방의 시간을 낭비하게 할까봐 두려운 것이 아니라 내가 비난 받을까봐 두려운 마음이 더 컸던 것 같다. '지금 이것도 코칭이라고 하는건가요?'라는 비난에 직면한다면 '내가 과연 견뎌낼 수 있을까?'라는 생각이 내 발목을 잡았었다. 그러나 그 두려움을 떨쳐내고 한 발 한 발 내딛고 나아간 결과 지금은 누구보다 기혼여성, 엄마 코칭을 잘하는 코치라고 자부한다. 시작은 미약하였으나, 현재는 엄마 코칭뿐만 아니라 다양한 직업을 가진 분들을 코칭하며 하루하루를 눈코 뜰 새 없이 바쁘게 살고 있다. 만일 지난 해 내가 시작하지 않았다면 현재의 내 모습은 상상조차 할 수 없을 것이다.

당신의 삶을 새로운 방향으로 이끌 수 있는 당신의 능력을 과소 평가하지 마라.

- 저머니 켄트 -

스스로를 과소평가하는 것이 있다면 무엇이 떠오르나요?

자기자신을 비판적으로 보듯이 남들이 자신을 그렇게 말한다면 기분이 어떨까요?

주변에 자기에 대해 기분 좋게 말해주는 사람은 그런 이유가 어떤 걸까요?

주변사람들로부터 인정받는 모습을 상상해 보세요. 어떤 기분이 드시나요?

직장에서 앞·뒤가 다른 내 모습이 싫은 그대에게

"인간은 사회적 동물이다."

고대 그리스의 철학자 아리스토텔레스가 한 말이다. 인간이 모여 충돌이 일어나지 않게 살려면 그 사회의 규칙을 잘 지키며 살아야 한다는 의미이다. 그러나 모든 상황에 규칙이 정해져 있는 것은 아니다. 갈등을 일으키지 않고 평화를 유지하며 살기 위해서는 어떻게 해야 할까? 바로 눈치껏 센스 있게 알아서 잘해야 한다.

우리가 눈치, 센스라 부르는 것을 심리학자 마크 스나이더는 '자기 모니터링'이라는 개념으로 설명했다. 자기 모니터링은 주변의 반응을 관찰하면서 자신의 언어와 행동을 조절하는 기능을 말한다. 자기 모니터링을 자유자재로 잘 할수록 "이야, 너 사회생활 잘한다." 그렇지 않을 경우 "너는 왜 이렇게 사회성이 부족해?"라는 이야기를 듣기도 한다.

자기 모니터링을 잘하면 사회에서 긍정적인 평가를 많이 받는다. 하지만 타인의 감정이나 상황에 신경을 많이 쓰는 편이기 때문에 혼자 속으로 스트레스를 받는 경우가 많다. 과도한 스트레스로 인해 화병이 날 수 있으므로 멘탈 관리를 잘하는 것이 중요하다.

전 세계에서 유일하게 한국인에게만 있다는 화병이 나지 않게 하려면 멘탈 관리를 어떻게 해야 할까?

권코치 오늘은 어떤 기분이신가요?

현주 힘들고 지쳐요. 좀 쉬고 싶다는 느낌이 들어요.

권코치 그 기분을 색으로 표현하면 어떤 색에 가까울까요?

현주 물위에 유화 5~6가지 색을 띄워 놓은 마블링 같아요.
조금만 흔들리면 다 섞여버릴 것 같아요.

권코치 표현력이 정말 대단하시네요. 어떤 느낌인지 한번에 이해가 되요.
그 유화가 흔들려서 다 섞이더라도 희망찬 색으로 변할 수 있도록 저는 오늘 최선을 다해 현주님과 이야기 나누고 싶습니다.
저랑 어떤 주제로 이야기를 하면 좋을까요?

현주 저는 회사 경영기획팀에서 7년째 일을 하고 있어요. 그 동안 본부장님이 여러 번 바뀌어서 좀 혼란스러운 시간들이 있었어요. 지금 본부장님은 3년 차인데, 1년은 괜찮았어요. 그런데 지금은 감정적으로 좀 많이 힘들어요. 본부장님이 정말 불편한데 앞에서는 웃어야 하고, 뒤에서는 불평을 계속하다 보니 이제 제가 저한테 질리는 기분이 들어요. 이런 상황을 좀 해결하고 싶어요.

권코치 직장에서 꽤 오랜 시간 일을 하셨군요.
지금 직장은 현주님께 어떤 의미가 있나요?

현주 입사 초에는 자아실현의 수단이기도 했었고, 잘 해보고 싶어서 열심히 했었어요. 하지만 지금은 그냥 생계 수단처럼 느껴지기만 하는 것 같아서 힘들어요.

권코치 회사에서 일하시면서 가장 큰 성취감을 느꼈던 적은 언제였는지요?

현주 입사하고 얼마 안 되서 제가 만든 영상을 700명 가량이 모인 자리에서 본 적이 있어요. 그때 많은 분들이 잘했다고 격려해 주시고, 칭찬해 주셔서 뿌듯했었어요.
그 이후로는 딱히 없었던 것 같아요.

권코치 우와, 700명이나 되는 분들이 모인 자리에서 직접 만든 영상을 상영하셨다니 정말 멋진 경험을 하셨네요.
지금 다니는 회사의 가장 큰 장점으로는 어떤 게 있을까요?

현주 아이들 교육비 지원이 돼요. 아이가 둘이다 보니 이게 저한테는 꽤 도움이 되더라고요. 학원비도 엄청 비싼데 아이 엄마니까 이런 게 또 회사를 다니게 하네요.

권코치 요즘 출근하실 때 어떤 생각을 가장 많이 하시나요?

현주 그냥 본부장님과 일하는 게 힘들다는 생각만 계속 들어요.

권코치 본부장님께서 힘들게 하는 건 어떤 것일까요?

현주 기억력이 나빠서 말도 자주 바꾸고 허세가 심해요. 그리고 어떤 일이 생겼을 때 나쁜 역할은 안 하고 뒤로 쏙 빠져버리세요.

권코치 그럼에도 불구하고 본부장님 장점이 있다면 어떤 게 있을까요?

현주 글쎄요. 본부장님은 일 욕심이 많고 일도 잘하세요. 문제 해결 능력도 정말 뛰어나요.
얼굴도 예쁘고, 맛있는 것도 잘 사주는 편이예요.

권코치 그럼 본부장님의 장점 중에서 현주님께 도움이 되는 것으로는 어떤 게 있을까요?

현주 일을 잘하시니까 그런 것들을 저도 자연스럽게 배우게 되고 더 꼼꼼하게 할 수 있는 것 같아요.
그런데 어려운 일이 생기거나 그러면 책임을 안 지려고 하시니까 제가 뒷수습을 해야 하는 경우가 많아서 너무 스트레스를 많이 받아요. 상황이 이러니 본부장님을 보면 화가 계속 나는데 화를 낼 수도 없으니 그냥 앞에서는 웃고 뒤에서 욕하는 상황이 계속 반복되는 것도 힘들어요.
이게 사실 요즘 감정적으로 제일 힘들어요. 정말 싫은데 겉으로는 웃어야 하니까.

권코치 지금 상당히 큰 스트레스를 받고 계시네요. 많이 힘드시겠어요. 혹시 이 상황에서 벗어나기 위해 시도해 보신 것이 있을까요?

현주 사실은 제가 홍보팀에서 일하고 싶거든요. 이번에 마침 한 자리가 났다고 하더라고요. 그래서 인사팀에 부서 이동을 신청할까 고민 중이예요.

권코치 원하는 부서에 마침 자리가 생겼는데, 고민을 하시는 이유가 있을까요?

현주 본부장님이 안 보내주실 것 같아요. 본부장님은 저랑 일 호흡이 제일 잘 맞는다고 계속 말씀하시거든요.

권코치 본부장님이 안 보내주시면, 지금 부서에서 계속 일하실 생각도 있으신가요?

현주 으하하. 그건 아니에요. 가고 싶어요.

권코치 만약 이대로 지금 부서에 계신다면 언제까지 회사에 다니실 수 있을까요?

현주 생각해본 적 없는데, 지금 상태로는 길어야 반년 정도밖에 못 다닐 것 같아요.

권코치 그럼 지금 어떤 시도를 하실 수 있나요?

현주 인사팀에 빨리 문의해야겠어요.

권코치 언제 문의하실 계획이신가요?

현주 내일 출근해서 바로 알아봐야 할 것 같아요.

권코치 네 좋아요. 현주님께서 오늘 본부장님을 대할 때 앞과 뒤가 다른 모습이 힘들다고 하셨는데요. 그렇게 하는 것이 힘든 이유는 무엇 때문인가요?

현주 제가 너무 이중적인 성격을 갖고 있는 것은 아닐까?라는 생각이 들기도 하고, 이렇게까지 하면서 사회생활을 해야 하나 라는 회의감이 들기도 하고 그래서요.

권코치 본부장님 앞에서 웃고 뒤에서 험담을 하는 것은 어떤 결과를 얻고 싶기 때문인지 여쭤봐도 될까요?

현주 아무래도 제 상사니까 앞에서는 잘 해드려야 저도 마음이 편하고 회사 생활이 편하니까요.

권코치 그렇게 뒤에서 험담을 하고 나면 어떤 좋은 점이 있지요?

현주 속이 후련하니까 다음날 또 일할 힘이 생겨요.

권코치 앞뒤 똑같이 행동하면서 회사에서 힘없이 일하는 것보다 일할 힘이 생겨서 회사에서 일을 잘하면 더 좋은 거 아닌가요?

현주 어머, 그러네요. 저와 회사 모두를 위해 좋은 거네요!

권코치 지금 이야기를 하시면서 혹시 새롭게 든 생각이 있을까요?

현주 네, 완전 있어요. 오늘 이야기를 하기 전에는 그냥 벗어날 수 없다고 생각했던 것 같아요. 언제까지 싫은 본부장님 앞에서 이렇게 억지로 웃어야 하나 답답하기만 했어요.

왜냐하면 본부장님은 회사에서 영향력이 크니까 지금 제가 뭘 어떻게 할 수 없다는 생각이 너무 컸던 것 같아요.

그런데 지금 생각해보니 가고 싶은 부서에 자리도 났는데 저도 모르는 사이에 제가 저를 옭아매고 있었던 것 같아요. 굳이 그럴 필요가 없을 것 같다는 생각이 들어요. 본부장님 눈치 보다 이렇게 시간이 지나가버리면 회사를 그만두게 될 상황이 생길 것 같아요.

그런데 부서 이동하면 저의 감정 상태에 대해 고민도 그만해도 되고, 일도 더 재미있게 할수 있을 것 같아요.

권코치 현주님께서 더 재미있게 일하실 수 있을 것 같다고 하시는 말씀이 정말 힘있게 들려오네요. 현주님은 분명히 그러실 수 있을 거라고 믿습니다.

권코치 코칭 마무리할 시간이 되어 가는데요, 저에게 더 하고 싶으신 이야기가 있을까요?

현주 실제로 해결할 수 있는 방법이 있는데도 너무 주눅 들어 있었던 것 같아요. 오늘 이야기하다 보니 넓게 전체적으로 볼 수 있게 된 것 같아서 머리가 맑아졌어요.

뭘 해도 회사를 그만두는 것보다는 나은 결정이라는 생각이 드니 뭐가 중요한지도 알겠어요. 용기가 생겼어요. 감사합니다.

권코치 와우! 용기가 생기셨다고 하시니, 저도 정말 기쁘네요.

감사합니다. 항상 응원하겠습니다.

'왜 어른 코끼리는 도망가지 않을까?'

동물원에서 코끼리가 태어나면 발목에 튼튼한 족쇄를 채워 놓는다고 한다.

아기 코끼리는 멀리 가면 족쇄가 꽉 조여 고통을 느껴 더 가면 안 된다는 공포를 느끼게 된다. 어른 코끼리는 힘으로 충분히 족쇄를 뽑을 수 있지만 그 공포를 기억하는 코끼리는 새로운 도전을 포기한다. 어릴 적 고통을 기억하는 코끼리는 더 이상 앞으로 나아갈 생각을 하지 않는다.

지금 당신은 어른 코끼리에게 어떤 말을 해주고 싶으신가요?

그 이야기를 들은 어른 코끼리가 어떤 행동을 하길 바라시나요?

당신이 말한 대로 행동을 한다면 그 어른 코끼리에게 어떤 칭찬을 해주고 싶으신가요?

육아 이외에 자기계발을 하며
새로운 일을 찾고 싶은 그대에게

나준호 LG경제연구원 연구위원은 「온라인 인재 플랫폼이 직업 세계를 변화시킨다」는 보고서에서 "앞으로 직업의 기회는 기업에 정규직으로 취직하지 않더라도 더 다양하고 유연하게 넓어질 수 있다"며, "점점 좁아지는 취업 문을 뚫는 대신 자기 고용을 시도하는 기회가 많아지고, 시간제 근무나 프로젝트 형태로 여러 기업과 동시에 일을 하는 프리랜서나 멀티잡(multi-job) 직업인들이 많이 생길 것"이라고 했다.

자기 고용을 시도하는 기회를 잡기 위해서는 어떻게 노력해야 할까?

권코치 요즘 기분이 어떠신가요?

지혜 혼란스러워요. 퇴사 준비를 하고 있어요.

권코치 퇴사 준비를 하고 있는 이유를 여쭤봐도 될까요?

지혜 저는 공무원인데요. 이번 육아휴직이 끝나면 먼 지방으로 복직 후 주말 부부를 해야 하는데, 그건 어려울 것 같아요.

권코치 어려운 고민 중이시네요.
요즘 가장 많이 느끼는 기분을 색으로 표현하면 어떤 색에 가까울까요?

지혜 진한 파랑색이나 남색, 회색이 떠올라요.
우울한데 선명한 느낌이에요. 그런데 길을 찾고 싶다는 생각이 있어서 블루 계열 컬러가 생각나는 것 같아요.

권코치 지혜님께서 길을 찾는데 오늘 대화가 도움이 될 수 있도록 최선을 다하겠습니다. 우리가 오늘 어떤 주제로 이야기를 하면 좋을까요?

지혜 육아 이외에 퇴사 후 할 수 있는 일을 찾기 위해 자기계발을 잘 하고 싶어요.

권코치 조금만 더 구체적으로 이야기해 주실 수 있을까요?

지혜 시간 관리를 잘하고 싶어요. 시간은 누구에게나 24시간 공평하잖아요. 그 시간 안에서 할 일을 하고, 미련 없이 털어내고 다시 일을 잘 시작하고 싶어요.

권코치 혹시 최근에 시간 관리를 위해서 하셨던 노력이 있으신가요?

지혜 생활계획표를 만들어서 자기계발을 하려고 했어요.

권코치 생활계획표를 만들어서 자기계발을 하셨다니, 정말 대단한데요. 저한테 공유해주실 수 있나요?

지혜 새벽 5시에 일어나서 7시까지 육아 책 읽고, 주식 공부하고, 8시 반에 아이가 일어나면 아침 먹여서 9시쯤 어린이집에 데려다주고, 12시까지 집안일 하고 1시에 점심을 먹었어요. 3시까지 블로그 관리하고, 4시까지 영어 공부를 했어요. 4시에 아이가 하원하면 11시까지 같이 놀고 밥 먹고 재운 다음 제 시간을 가졌어요.

권코치 지혜님께서 하루 일과를 저한테 이야기하시면서 어떤 마음이 드셨나요?

지혜 빡빡하긴 한데 제대로 하고 있는 일은 없는 것 같아서 답답한 느낌이 들었어요.

권코치 답답한 느낌을 없애려면 어떻게 하면 될까요?

지혜 오전에 집안일 하고 오후에 블로그에 글을 쓰고, 영어 공부를 하려면 너무 피곤해서 집중이 잘 안 돼요. 또 밤에 아이가 너무 늦게 자니까 지쳐요.

권코치 아이가 일찍 자게 하려면 어떻게 해야 할까요?

지혜 그걸 잘 모르겠어요. 정말 안 자려고 해요. 불을 꺼놔도 1시간 넘게 놀아요. 책 읽어 달라고 떼쓰기도 하고, 자라고 혼내면 혼자 그냥 계속 놀아서 제가 먼저 잠든 적도 많아요.

권코치 지혜님은 언제 일찍 주무세요?

지혜 종일 피곤했거나, 평소보다 일찍 일어난 날 일찍 잠들어요.

권코치 그동안 아이가 늦게 일어난 이유로 생각나는 것이 있으신가요?

지혜 새벽에 제가 공부 시간을 확보해야 하니까, 아이가 늦게까지 자도록 조용한 분위기를 만든 것 같아요. 자연스럽게 아이가 늦게 일어나는 게 좋았던 것 같아요.

권코치 앞으로도 아이가 이렇게 늦게 자고 늦게 일어나는 생활에 익숙해진다면 어떨까요?

지혜 일찍 자야 키도 잘 크고 컨디션도 좋은데, 그런 게 다 망가질 것 같아요.

권코치 앞으로 어떻게 하면 좋을까요?

지혜 제가 새벽에 공부하는 시간을 줄이고 아이를 일찍 일어날 수 있게 일찍 재워야 할 것 같아요.

권코치 이제 두 번째 이야기를 해볼까요?
오전에 집안일, 오후에 블로그, 영어 공부를 하려면 지친다고 하셨어요.
지치지 않고 영어 공부를 하려면 어떻게 하는 게 좋을까요?

지혜 컨디션을 좋게 해서 영어 공부를 해야 할 것 같아요.

권코치 컨디션을 좋게 하는 방법을 나눠주시겠어요?

지혜 그걸 잘 모르겠어요. 매일 피곤해요.

권코치 오전에 집안일을 먼저 하는 이유가 있을까요?

지혜 기운 있을 때 하려고 그러는 것 같아요.

권코치 오전에 기운이 있으시군요. 그럼 집안일과 영어 공부, 블로그 중에 어떤 일이 지혜님께 더 중요한 일인가요?

지혜 영어 공부하고 블로그요.

권코치 영어 공부와 블로그가 더 중요한 이유를 나눠주실 수 있나요?

지혜 아무래도 영어 공부는 자기계발이 되는 거라, 하고 나면 뿌듯해지기도 하고, 블로그도 수익으로 연결되는 부분이 있어 미리 해 놓으면 마음이 편할 것 같아요.

권코치 영어 공부랑 블로그를 언제 하면 좋을까요?

지혜 아, 영어 공부랑 블로그를 오전에 해야겠어요!

권코치 그럼 오후에 3시간 정도가 있는데요. 집안일만 하시면 될까요?

지혜 아, 아니요. 3시간 내내 집안일만 하는 건 비효율적인 것 같아요.

권코치 어떤 것을 하면 효율적이란 생각이 들 수 있을까요?

지혜 그동안 시간이 없어서 운동을 못했는데, 운동을 하면 좋을 것 같아요.

권코치 운동은 언제 하면 좋을까요?

지혜 집안일, 운동 각 1시간 하고 1시간 정도 쉬었다가, 아이 하원시키면 될 것 같아요.

권코치 오늘 저랑 이야기한 것들을 장기적으로 지키려면 어떤 작업을 하면 좋을까요?

지혜 장기 계획을 세우면 좋을 것 같아요. 단기적으로만 하니까 지속이 잘 안 돼요.

권코치 장기 계획을 언제 세우면 될까요?

지혜 그건 내일 아침에 바로 세울 수 있을 것 같아요. 하하!

권코치 저랑 오늘 육아 이외에 자기계발을 하고 싶다는 이야기를 나누어봤는데요, 더 나누고 싶은 이야기나 새롭게 느낀 감정을 나누어 주시겠어요?

지혜 나름 생활계획표도 세워서 열심히 하는데 자꾸 잘 안 된다고만 생각하고 있었어요.
오늘 코치님과 대화를 나누어 보니 시간 활용을 제대로 못했다는 걸 알게 됐어요. 새롭게 계획한 시간표대로 빨리 해 보고 싶다는 생각이 들어서 기분이 좋아요.
단기적이 아니라 장기적으로 내가 원하는 게 뭔지 방향을 꼭 정해야겠다는 생각이 들어서 기뻤어요. 감사합니다.

권코치 저도 감사합니다. 원하는 목표를 구체적으로 정하시고 중요한 것부터 하시면 정말 잘 하실 수 있을 거예요.
지혜님께 셀프 응원을 해주신다면 어떤 말씀을 해주고 싶으신가요?

지혜 그동안 아이 키우면서 블로그도 하고 영어공부까지 하느라 정말 수고했어. 지금했던 것처럼만 한다면 네가 원하는 일들을 금방 이룰 수 있을꺼야. 넌 정말 잘해낼 수 있을꺼야! 사랑한다. 화이팅!

권코치 지혜님의 힘있는 응원소리를 들으니 저까지 벅차오르네요.
저도 있는 힘껏 응원하겠습니다. 화이팅!

"엄마, 오늘만 수학 문제집 안 풀면 안 돼? 응? 오늘만! 한 번만~~!!"

"왜?"

나의 날카로운 눈빛과 차가운 목소리에

"너무 많아. 나 힘들어어어어엉!"

아이는 칭얼거리며 세상에서 제일 힘든 듯한 표정을 짓는다.

아이가 초등학교 1학년이 된 후 매일 밤 9시에 벌어지는 상황이다.

그럼 이때부터 나의 일장 연설 잔소리가 시작된다.

"민소야, 아까 점심 먹고 유튜브로 '흔한남매' 볼 때 문제집부터 풀고 하라고 했지?"

"응."

"유튜브 다보고 도원이랑 놀 때, 그러지 말고 문제집부터 풀라고 했지?"

"응."

"EBS 만화 보지 말고 문제집부터 풀라고 했지?"

"응."

"저녁 먹고 괜히 어슬렁거리지 말고 문제집부터 풀라고 했지?"

"문제집부터 풀고 하라고 했지?"

이 말이 어지간한 노래 후렴구보다 더 많이 반복 또 반복되면 아이는 한숨을 깊게 내쉰다. 그리고 나를 세상에서 제일 나쁜 엄마라는 원망스런 눈빛으로 바라보다 문제집을 한 손에 늘어뜨린 채 책상으로 터덜터덜 걸어가 내 마음을 불편하게 한다.

민소가 하루에 해야 할 과제 분량은 국어 3쪽, 수학 2쪽, 연산 2쪽이다.

시간으로 따지면 10분씩 30분 정도의 분량이다. 이게 그렇게 많은 분량이란 말인가?

이렇게 며칠을 보낸 후 더는 안 되겠다 싶어 긴급 처방을 하기로 했다.

나는 민소가 A4용지에 날짜와 문제집 이름을 한눈에 볼 수 있게 체크리스트를 만들어 주었고, 매일 체크리스트에 표시를 다한 후에 하고 싶은 일을 하라고 했다.

민소는 아침에 눈 뜨면 체크리스트를 옆에 펼쳐놓고 문제집을 풀었다.

민소가 문제집을 풀고 난 이후에는 유튜브와 휴대폰 게임을 제외한 모든 것을 마음대로 할 수 있게 해주었다.

그날 이후부터 밤낮을 가리지 않고 수시로 울려 퍼지던

'문제집부터 풀고 하라고 했지?'

라는 중독성 강한 후렴구는 우리집에서 사라졌다.

체크리스트 도입 후 일주일 쯤 지나자 민소가 밤에 나한테 와서 물었다.

"엄마, 나 왜 이렇게 저녁에 할일이 없지? 내가 뭐 해야 할 거 있나?"

불과 며칠 전까지만 해도 저녁 8시만 되면 민소는 좌불안석이었다. 문제집을 풀기는 해야겠고, 하기는 싫고, 엄마한테 혼나기는 더 싫고, 9시가 되면 생떼를 쓰다 혼나던 아이가 여유롭게 엄마를 놀리듯 하는 질문에 나는 혼자 빵 터져 웃음이 났다.

갑자기 웃는 나를 멀뚱멀뚱 쳐다보던 민소에게 간신히 웃음을 멈추고 말했다.

"민소야 아침에 네가 해야 할 일부터 다하고 나니까 어때?"

"저녁에 시간도 많아지고, 엄마한테 안 혼나니까 좋아."

"으응? 엄마한테 안 혼나는 것만 좋아? 다른 거 좋은 건 없어?"

"예전엔 뭐 할 때마다 엄마가 문제집부터 풀고 하라고 하니까 계속 신경 쓰였는데, 이젠 내가 하고 싶은 거 아무거나 해도 엄마가 괜찮다고 하니까 마음이 편해."

"아직도 자려면 1시간이나 남았네. 이제 뭐 할 거야?"

"아, 나 저 책 봐야겠다. 지난 번에 보던 건데 엄청 재밌어."

"그래? 재밌게 봐. 민소야 사랑해."

"나도 엄마 사랑해."

내 목을 그 작은 팔로 끌어안고 흥에 겨워 흔들다 내가 간신히 떼어놓자 책장에서 책을 꺼내 들고 엉덩이를 씰룩거리며 신나게 걸어가는 아이 덕에 내 마음도 편하다.

우수한 결과를 얻고 싶다면 그만큼 자신의 시간을 소중하게 여기고 배치해야 된다.

- 나데즈다 크룹스카야 -

당신의 삶에서 가장 중요한 일은 무엇인가요?

가장 중요한 일을 하는데 걸림돌이 있나요?

혹시 걸림돌이 있다면 어떻게 이겨냈을까요?

그 걸림돌을 이겨내고 중요한 일을 해낸 당신에게 어떤 말을 해주고 싶으신가요?

한 번뿐인 내 인생,
최선을 다해 살아보고 싶은 그대에게

"내가 남들과 확실히 다른 점이 있다면,

러닝머신 위에서 죽는 것도 두려워하지 않는 자세뿐입니다.

나보다 운동을 많이 하는 사람은 없을 겁니다.

물론 나보다 재능이 많고 매력이 넘치는 사람은 많이 있겠죠.

그렇지만 전 어리석어 보일 정도로 꾸준해요.

누군가와 러닝머신에 올라간다면,

상대방이 기권하거나 제가 죽거나 둘 중 하나입니다."

한 인터뷰에서 최고의 자리에 오른 비결을 묻는 질문에 그래미상을

수상한 음악가이자 오스카상 후보에 올랐던 윌 스미스가 한 대답이다.

권코치 오늘 기분은 어떤 색이 떠오르시나요?

지민 회색이요. 밝은 회색은 아니고, 먹구름이 낀 회색이요.

권코치 혹시 이렇게 표현하신 이유를 조금 더 설명해주실 수 있을까요?

지민 최선을 다해 잘 살아보고 싶은데, 어떻게 해야 할지 막막해요.

권코치 지민님께 최선을 다해 산다는 것은 어떤 의미인가요?

지민 뭔가를 향해 간절하게 노력하는 것 같아요.

권코치 혹시 뭔가를 향해 간절하게 노력해 본 경험을 들려주실 수 있나요?

지민 아니요. 저는 그랬던 경험이 별로 없어요.

권코치 오늘 지민님께서 최선을 다해 잘 살아보고 싶은데, 막막하다고 하셨어요. 이런 생각을 하게 된 계기가 있을까요?

지민 제가 지금 피아노 학원을 운영하고 있거든요.

지민 그런데 제가 피아노를 잘 못 쳐요.

권코치 조금만 더 구체적으로 이야기를 나누어 주실 수 있나요?

지민 제가 대학교 때 클래식 피아노를 전공했어요. 그런데 피아노를 공부하기 싫어서 회피 목적으로 전공해서 결국 대학교 1학년 때 자퇴했어요. 그러다 우연히 재즈 피아노를 칠 기회가 생겼는데 재미있어서 재즈피아노 전공으로 대학교에 다시 들어갔어요.

권코치 두번째는 대학교에 본인이 원해서 들어가신 거네요.
대학 생활은 어떠셨나요?

지민 정말 너무 힘들었어요.

권코치 혹시 조금 더 구체적으로 말씀해 주실 수 있나요?

지민 두 번째 대학은 제 실력으로 들어가기 어려운 대학을 운으로 들어간거예요.

권코치 혹시 어떤 운이 지민님을 힘들게 했나요?

지민 저는 진짜 딱 1곡을 연습해 갔는데, 그게 실기곡으로 나왔어요.
또 면접 질문도 10개 정도 준비해 갔는데, 진짜 신기할 정도로 거기서만 나와서 붙었어요.

권코치 그래도 지민님께서 연습해서 합격한거니 실력이라고 말할 수 있을 것 같은데 어떠세요?

지민 그렇죠. 그렇긴 한데, 진짜 운에 가까워요. 그냥 전 정말 딱 1곡 연습해서 시험을 봤는데 붙은 거라서요.

권코치 대학에 다니면서는 어떠셨어요?

지민 정말 너무 힘들었고, 괴로웠어요.

권코치 그럼에도 불구하고 대학을 졸업을 할 수 있었던 원동력은 무엇이었을까요?

지민 이번에는 무조건 졸업해야 한다는 생각 하나로 버텼어요.

권코치 대학을 무조건 졸업해야 한다고 생각한 계기가 있었나요?

지민 처음에 대학을 한 번 그만둬보니 졸업장이 있어야 일을 하거나 사람들을 만날 때 조금 더 자신감이 생길 것 같더라고요.

권코치 대학을 졸업할 때의 마음은 어떠셨나요?

지민 정말 후회했어요. 뭘 배운 걸까? 노력하기보다는 피해 다니다 졸업만 간신히 하게 된 것 같아서요.

권코치 그럼에도 불구하고 대학을 졸업해서 좋은 점은 어떤 것이 있을까요?

지민 일단 졸업장이 있으니까 일을 할 때 좀 수월한 부분이 있어요.

권코치 그렇군요! 정말 애 많이 쓰셨습니다. 혹시 오늘 어떤 주제로 대화를 나누면 좋을지 생각해 보신 것이 있을까요?

지민 위에 이야기한 거랑 이어지는데요. 한 번뿐인 내 인생, 최선을 다해 사는 방법을 알고 싶다. 피아노를 잘 치고, 잘 가르치는 선생님이 되는 방법을 알고 싶다. 이렇게 해보고 싶어요.

권코치 최선을 다해 사는 사람 하면 딱 떠오르는 분이 있나요?

지민 제 친구 중에 진짜 노력을 많이 하는 친구가 있어요. 그 친구는 정말 노력하고 또 노력하더라고요.

권코치 어떤 노력이었을까요?

지민 저는 레슨받고 연습하면 딱 끝이었는데, 그 친구는 연습하고 녹음해서 다시 들어보고 또 연습하고 그 과정을 무한 반복하더라고요.

권코치 그럼 지민님은 혹시 피아노를 잘 치기 위해 노력하셨던 부분이 있을까요?

지민 저는 학원을 운영하면서 레슨을 계속 받았어요.

권코치 레슨을 얼마나 받으셨나요?

지민 아이 낳기 전에 몇 개월 정도 레슨을 받았어요.

권코치 지금은 어떠신가요?

지민 지금은 아이도 키워야 해서 꾸준히 레슨을 받지 못하고 있어요.

권코치 피아노를 잘 치고, 잘 가르치는 선생님이 되면 어떤 것을 해보고 싶으세요?

지민 제가 작곡한 곡들을 연주한 앨범을 내고 싶어요.

권코치 또 하고 싶은 일이 있을까요?

지민 학생들 레슨을 더 자신감있게 하고 싶어요.

권코치 그렇게 하려면 어떤 노력을 해야 할까요?

지민 일단 연습 시간을 확보해야 할 것 같아요.

권코치 연습 시간을 확보하려면 어떤 방법들이 있을까요?

지민 남편이랑 아이 육아 시간을 조율해서 레슨을 받아야 할 것 같아요.

권코치 레슨 시간을 언제로 조율할 수 있을까요?

지민 매주 토요일 오후에 1시간 정도 가능할 것 같아요.

권코치 1시간 정도면 충분할까요?

지민 레슨 1시간 받고, 녹음해서 집에서 밤에 1시간 정도 연습하면 될 것 같아요.

권코치 낮에 학원 수업하시고, 밤에 연습하려면 체력적으로 괜찮으실까요?

지민 힘들긴 하겠지만, 이제는 해야 할 것 같아요.

권코치 이제는 해야 할 것 같다고 하셨는데, 여기서 '이제는'의 의미를 이야기 해 주실 수 있나요?

지민 제 아이가 이제 돌이 지났는데요. 아이한테 엄마는 '정말 최선을 다해서 산 사람이다.'라는 것을 보여주고 싶고, 자랑스러운 엄마가 되고 싶다는 생각이 들었어요.

권코치 아이한테 자랑스러운 엄마가 되고 싶다!라는 생각을 하신 것만으로도 이미 자랑스러우신 엄마이신 것 같아요.

지민 아, 그런가요? 감사합니다. 그런데 저 스스로에게도 떳떳한 사람이 되고 싶어요.

권코치 지금 말씀하신 것처럼 노력하시면 6개월 후쯤 어떤 모습일까요?

지민 자신감이 많이 생기고, 자존감도 높아질 것 같아요.

권코치 좋습니다. 혹시 더 노력해야 할 부분이 있을까요?

지민 마음먹은 것처럼 레슨 꾸준히 받고, 열심히 연습하는 것만으로도 충분할 것 같아요.

권코치 그럼 언제부터 시작할 수 있을까요?

지민 이번 주부터 바로 가능해요.

권코치 오늘 주제가 '한 번뿐인 내 인생, 최선을 다해 살고 싶다. 피아노를 잘 치고 잘 가르치는 선생님이 되고 싶다'인데요.
더 이야기하고 싶거나 새롭게 느끼신 부분이 있을까요?

지민 저는 연습 할 시간이 없다고만 생각했는데, 지금 이야기하다 보니, '내가 귀찮으니까 적극적으로 생각을 하지 않았었구나.'라는 반성을 했어요.

이렇게 마음만 먹으면 바로 할 수 있는 거였으니까요.

권코치 마지막으로 하시고 싶은 말씀이 있을까요?

지민 아이에게 좋은 엄마, 자랑스러운 엄마가 되고 싶다는 생각이 들었을 때 뭔가 거창한 걸 해야 한다는 생각에 아무것도 못하고 있었어요. 그런데 일단 내 일부터 열심히 하면 되겠다는 생각이 드니 마음이 좀 편해졌어요. 감사합니다.

권코치 그럼 지민님께 셀프 응원 한마디 해주시고 마무리해도 될까요?

지민 이제는 진짜 한 번 열심히 해보자!! 잘할 수 있다! 아자! 아자!

권코치 지민님! 저도 마음 다해 응원하겠습니다. 아자! 아자!

지민 고맙습니다.

우리는 모든 완전한 것에 대해 그것이 어떻게 생겨났는지 묻지 않는다.
대신 그것이 마법에 의해 땅에서 솟아난 것처럼 현재의 사실만 즐긴다.

- 니체 -

이 말을 전해준 니체에게 어떤 말을 하고 싶으신가요?

그렇게 말하고 싶은 이유는 무엇인가요?

그 대답을 들은 니체는 당신에게 어떤 말을 할까요?

니체의 말을 들은 당신은 어떤 기분인가요?

이혼하고 싶은 그대에게

'함께 살아도 행복하고, 헤어져 살아도 행복하게 사는 게 중요합니다.'
이혼 문제로 마음이 답답하다는 분의 말씀에 법륜 스님이 하신 답변이다.

나는 무릎을 탁! 쳤다.

본질은 함께 사느냐, 마느냐가 아니다.

그저,
행복하게 사는 거다.

권코치 요즘 기분은 어떠신가요?

은정 막막해요. 화가 나는 감정이 계속 있어요.

권코치 막막하고 화가 나는 감정이 계속 있으면 많이 힘드시겠어요. 은정님을 힘들게 하는 일이 오늘 대화를 통해서 잘 해결될 수 있으면 좋겠습니다. 어떤 주제로 이야기를 나누면 좋을까요?

은정 지금 남편이랑 불화가 심해서 이혼을 생각하고 있어요.

권코치 혹시 이혼을 생각하게 된 계기를 나누어 주실 수 있나요?

은정 이혼을 처음 생각한 건 6년 전이었어요.
신혼 초였는데 남편이 다른 여자를 만나다 저한테 들켰어요.
그리고 집을 나갔다가 한 달 만에 들어왔어요. 시간이 지나면 괜찮아질 거라 생각했지만 점점 더 생생하고 힘들어요.

권코치 시간이 꽤 지났는데도 점점 더 생생하게 기억이 난다고 하시니 정말 많이 힘드시겠어요. 그럼에도 불구하고 6년이라는 시간을 보낼 수 있었던 것은 어떤 힘이었을까요?

은정 아무래도 아이 때문에 버틴 것 같아요.
아이한테는 아빠가 있는 게 안정적일 테니까요.

권코치 아이가 아빠와 있는 모습을 보면 어떠신가요?

은정 남편은 늦게 퇴근해서 아이랑 시간을 많이 보낼 수 있는 상황은 아니예요. 그런데 지금 바쁜 게 차라리 나은 것 같아요.
일찍 와서 같이 있는 것도 불편해요.

권코치 그러셨군요. 혹시 아빠가 시간이 생겼을 때 아이와 주로 무엇을 하며 시간을 보내나요?

은정 딱히 어떤 걸 하지는 않아요. 잘 놀아주지 않거든요.

권코치 은정님께서 생각하시는 아빠와 아이의 이상적인 모습은 어떤 걸까요?

은정 글쎄요. 평소에 생각해 본 적이 없긴 하지만 굳이 생각해 보자면 아이가 좋아하는 장난감을 같이 가지고 논다든가, 아니면 둘이 마주보고 앉아서 대화하는 모습?

권코치 그런 이상적인 모습에 대해 부군께 이야기해 보신 적이 있나요?

은정 아니요. 없어요.

권코치 이야기를 하지 않으신 이유가 있을까요?

은정 그냥 남편과 대화 자체를 하고 싶지 않았어요.

권코치 부군과 대화를 하고 싶지 않은 것은 어떤 것 때문인지 들려주실 수 있나요?

은정 자기 고집이 세고 다른 사람 말을 잘 안 들으려고 해서 이야기하다 보면 꼭 싸우게 되니까 차라리 안 하게 되더라고요.

권코치 현재 부군과 사이는 어떠신가요?

은정 지금은 그냥 거의 남남처럼 지내요. 서로 없는 사람처럼 지내요.

권코치 은정님께서 생각하시는 이상적인 부부의 모습은 어떤 걸까요?

은정 맛있는 거 있으면 같이 먹고, 재밌는 거 있으면 같이 웃고 하는 거? 엄청 큰 이벤트 이런 거 아니더라도 소소한 거에 같이 즐거워하는 그런 거 같아요.

권코치 부군과 사이가 좋았던 기억을 나눠주실 수 있을까요?

은정 연애할 때 잠깐 좋았던 거 말고는 딱히 기억이 없네요.

권코치 부군과의 관계가 좋아질 수 있도록 노력해 보셨던 적이 있었을까요?

은정 처음엔 대화도 많이 하려고 노력했는데 잘 안되었어요.

권코치 아직 해보지는 않았지만 은정님께서 노력해 보고 싶으신 것이 있을까요?

은정 이혼을 어떻게 해야 하는지 변호사를 만나서 구체적으로 알아봐야겠다는 생각이 들었어요.

권코치 지금 그 생각을 하신 계기가 있을까요?

은정 저는 사실 아이한테 아빠가 있는 게 나을 것 같아서 아이가 부모를 선택할 수 있는 나이인 중학생 정도 될 때까지는 버텨보려고 했거든요.

그런데 지금처럼 안 좋은 분위기를 유지하면서 지내는 모습을 보여 주는 것이 오히려 아이한테 안 좋을 것 같다는 생각이 들었어요.

권코치 혹시 6년 전 이혼을 처음 생각했던 그 당시의 은정님께 현재의 은정님이 해주고 싶은 말씀이 있으실까요?

은정 아이 때문에 억지로 참다 보면 너도 아이도 다 힘들어져. 지금 상황을 객관적으로 봐. 너무 늦지 않게 결정했으면 좋겠다.

권코치 지금 말씀하시면서 어떤 생각이 드셨나요?

은정 계속 아이 때문에 참는다고 생각하니 힘들었는데, 어쩌면 제가 놓지 못한 게 있었던 것 같아요.
마음의 소리를 들은 기분이라 개운해요.

권코치 그럼 10년 후의 은정님께서 현재의 은정님께 어떤 말을 해주고 싶으실까요?

은정 헤어졌다고 해서 그 사람을 너무 미워한다거나 계속 생각을 한다거나 하지 말고, 네 삶을 재미있게 살아. 잘했어.

권코치 지금 말씀하시면서는 어떤 생각이 드셨나요?

은정 아이가 중학생이 되면 이혼하려고 참았던 거는 제가 마음의 준비가 안 되서 그런거다라는 생각이 확실하게 들었어요.

권코치 그럼 은정님은 이제 어떤 것을 하고 싶으신가요?

은정 더 이상 같이 살 수 있는 힘이 없는데, 계속 버티는 것보다 저도 제가 할 수 있는 일들을 찾아 보며 미래를 준비해야 할 것 같아요.

권코치 10년 후 은정님은 어떤 모습일까요?

은정 저는 사업차 미국에 있을 것 같아요. 아이도 공부하면서 같이 있을 것 같고요. 둘이 친구처럼 지내면서 재미있게 살 것 같아요.

권코치 미래를 상상해 보니 어떤 느낌이 드셨나요?

은정 너무 설레고, 진짜 그렇게 되었으면 좋겠어요.

권코치 은정님이 상상하는 미래를 맞이하시려면 어떤 계획을 세우셔야 할까요? 그리고 현재 어떤 상황이신지 여쭈어봐도 될까요?

은정 저는 회사를 다니고 있고, 앞으로는 지금 하고 있는 일을 잘 배워서 3년 내로는 사업을 해보려고 계획하고 있어요.

권코치 와!! 사업하시는 것까지 미래 계획을 다 세워놓고 계셨군요! 정말 대단하시네요. 은정님께서 생각하시는 미래의 준비 척도가 10점 만점이라면 현재 몇 점일까요?

은정 현재는 아이한테 이혼의 아픔을 주는 게 걱정되는 거 빼고는 9점 정도 되는 것 같아요.

권코치 1점은 어떤 부분이 채워지면 될까요?

은정 아무래도 제가 결정을 빨리 하면 채워질 것 같아요.

권코치 오늘 저를 믿고 말씀해 주셔서 진심으로 감사드립니다. 이제 오늘 대화를 마무리하려고 하는데 혹시 더 하고 싶으신 말씀이나 질문이 있을까요?

은정 저는 아이가 클 때까지 무조건 버텨야한다고만 생각했어요. 단순히 버틴다고만 생각하니 하루하루가 너무 힘들었는데, 미래에 내가 어떤 모습으로 있으면 좋을지 생각을 해보니 제가 진짜로 원하는 게 뭔지 알게 된 거 같아요. 그리고 아이한테도 어떤 게 좋을지도 조금은 감이 잡히는 것 같아요. 감사합니다.

권코치 은정님께서 감이 잡히셨다고 하시니 다행입니다. 오늘 대화한 것을 토대로 급하게 결정하지 마시고 충분히 생각해 보시기를 부탁드립니다. 그리고 저는 어떤 결정을 하시든 최선의 결정이었다고 믿고 응원하겠습니다. 감사합니다.

'코치님, 저 어제 협의이혼신청서 제출했어요.'

문자를 확인하고 심장이 쿵 내려앉았다. 꽤 긴 메시지였지만 아래 글은 보이지 않았다.

'이혼' 두 글자만 커다랗게 보였다.

위 문자를 받은 건 한 달 동안 총 3차례의 비대면 전화 코칭이 진행된 후였다.

어떤 결정을 하든 응원하겠다고 말했지만 핸드폰을 잡고 있던 내 손이 덜덜 떨렸다.

이혼으로 결정하셨구나. 이제 어떡하지. 솔직히 두려웠다.

그것은 바로 이혼이라는 단어가 주는 압박감 때문이었다.

이혼離婚의 뜻을 사전에서 찾아보면 부부夫婦가 혼인婚姻 관계關係를 끊는 일이라고 설명되어 있다. 관계를 끊는 일이라고 생각하니 두려웠던 것이다.

이혼을 6년 고민하였다고 했다. 그리고 아이가 중학생이 될 때까지 조금 더 참아보고 그때 이혼을 하겠다고 했다. 그런데 불과 코칭 한 달 만에 이혼신청서를 제출한 것이다.

이혼신청서 제출 두 달 후 그녀는 나를 직접 만나고 싶다고 했다. 어떻게 그녀를 대해야 할지 머릿속이 복잡했다. 약속을 정하고 만나는 날 일어섰다 앉았다 긴장되는 마음으로 그녀를 기다렸다. 그녀는 먹음직스러운 빵이 가득 담긴 선물상자를 들고 왔다. 밥 한술 넘기기 힘들다던 그녀가 음식을 가지고 오다니. 그녀가 살고 싶다는 생각을 가지게 된 것 같아 마음이 놓였다. 안색이 안 좋기는 했지만 내가 걱정했던 것보다는 담담한 모습이었다. 생각보다 편안한 분위기에서 담소를 나누다 시계를 보니 어느새 2시간이 훌쩍 지나 있었다. 헤어지기 전 어디로 갈 것이냐고 묻는 나에게 그녀는 오늘 저녁 친정 부모님을 위한 샌드위치 만들 재료를 사서 집에 가야겠다며 일어섰다. 나는 배웅을 마치고, 그녀가 떠난 자리를 한쪽 다리가 저려올 때까지 바라보았다.

'코치님, 오늘 숙려기간 끝나서 구청에 신고 끝내고 집에 가요.'

한 달 후 들려온 소식이었다.

'코치님, 저 올해 자격증 따려고 학원 다니고 있어요.'

그로부터 두 달 후 새로운 분야에 도전한다는 소식이었다.

그녀와의 코칭 이후 나는 내가 하는 일이 단순히 겉으로 보기에 고객을 변화 · 성장하게 하는 데 그치는 것이 아니라, 고객의 삶이 고객이 원하는 방식으로 보다 더 행복해질 수 있도록 관여하는 일이라는 것과 그러려면 어떤 상황에 대한 편견을 내려놓고 있는 그대로 바라봐야 한다는 것을 가슴 깊이 새길 수 있었다.

한 사람의 발에 맞는 신이 다른 사람의 발에는 꽉 끼일 수 있다.
마찬가지로 모든 경우에 들어맞는 삶의 비결 같은 것은 없다.

- 칼 융 -

지금 나를 불편하게 하지만 놓지 않고 마음에 담아두고 있는 것이 있는가?

있다면 그것을 내려놓기 위해서는 어떤 준비가 필요한가?
언제부터 시작할것인가?

없다면 지금 내 마음을 가장 행복하게 하는 것은 무엇인가?
그것을 유지하려면 어떤 노력이 필요할까?

38살 어른이의 우문?
8살 철학자의 현답!

우리 집에는 내 열렬한 팬 3명이 산다.

초등학교 1학년이 되었지만, 코로나로 인해 학교보다 집에 있는 시간이 더 많은 큰 아이 민소.

민소 언니랑 엄마가 조금이라도 친해 보이면 후다닥 달려와서 그 사이에 쏘옥 끼는 6살 둘째 아이 도원.

항상 아이들 틈 속에 있는 나를 호시탐탐 노리다 빈틈이 보이면 찰싹 달라붙는 남편.

내가 뭐라고.

이렇게 나를 두고 싸우나 지쳐간다 싶다가도,

가끔 방에서 자기들끼리 속닥속닥거리며,

하하 호호 웃음소리가 들리면 내 귀는 소머즈가 된다.

나 빼고 뭐가 저리 재미있는 건가?

잠깐 궁금할라치면,

우당탕탕.

내 곁으로 두 녀석이 뛰어나와 찰싹 붙는다.

서로 내 몸에 자기 몸을 더 많이 붙이려 경쟁이 치열하다.

"큭ㅎ큭ㅋ 우하하하"

"저리가! 크흑ㅋ큽하쿡큭"

알 수 없는 이상한 소리를 내며 양쪽에서

"엄마, 이 쪽 팔은 내가 먼저 잡았는데."

"아니야, 내가 먼저 잡았어."

민소와 도원이는 울상이 되어 말했다.

자기들끼리 내 의사와 상관없이 내 몸에 대한 영역 싸움을 하며 웃다가 울다가 난리 부르스. 이런 난리 부르스도 없다.

내 컨디션이 괜찮은 날은 아이들 장단에 맞춰 놀아 주다가도, 내 컨디션이 그렇지 않은 날은, 이런 시간이 정말 괴롭다.

오늘은 도원이랑 엎드려서 종이접기를 하고 있었다.

그 평화로움도 잠시,

민소가 다다다 뛰어와서 엎드려 있는 내 등위로 햄버거처럼 포개어 누웠다.

"민소야, 무거워. 윽! 내려와. 내려와 줘. 윽!"

짓눌려 깜짝 놀란 나는 민소에게 부탁했다.

민소는 내 오른쪽 옆구리로 내려와 날 꼭 껴안았다.

갑자기 나는 궁금했다.

"민소야, 왜 엄마한테 이렇게 찰떡처럼 붙어 있는걸 좋아해?"

"엄마 향기가 너무 좋아."

"응? 뭐라고? 엄마한테 향기가 있어?"

"응! 엄마한테는 세상에서 제일 좋은 향이 나. 그래서 그 향을 맡으면 마음이 편해져."

평소에 '향기로운 사람이 되자'라는 생각을 많이 하고 있었는데

막상 나에게서 향기가 난다는 이야기를 들으니 신기하고 묘한 기분이 들며 궁금해졌다.

"그래? 어떤 향인데?"

"엄마 향이 난다고…"

나는 어떤 향기인지 너무 궁금했다.

“민소야, 어떤 향인지 자세히 설명 좀 해줘봐봐.

민소가 세상에서 제일 좋아하는 치킨? 예쁜 꽃? 응? 응?”

“아니. 그런 향기가 아니야. 그냥 딱 엄마한테 와야만 맡을 수 있는 향이 있다고.”

“그러니까~ 어떤 향이냐고~~.

엄마는 엄마한테 나는 향을 못 맡으니까 설명을 해 달라고.”

꼬치꼬치 묻는 나의 질문에 한참을 곰곰이 생각하던 민소는

“엄마, 엄마한테 나는 향기는 이 세상에는 없는 향기야.

그걸 설명할 단어는 없어.

딱 엄마한테 와야만 맡을 수 있는 향기야.”

어떤 향인지에 집착하며 꼬리에 꼬리를 무는 질문을 하던 나는 갑자기 마음이 울컥했다.

이 세상에 있는 단어로는 설명할 수 없는 향기.

오직 엄마한테 와야지만 맡을 수 있는 향기.

우리 민소의 마음을 편안하게 해준다는 그 향기.

그게 무슨 향이든 어떠하리. 우리 민소가 좋다는데….

더 비벼라. 마음껏 비벼라.

나도 모르는 내 향기를 사랑해 주는 귀한 내 아이.

"아이고 예쁜 내 딸."

민소를 꼭 껴안고 부비부비했더니,

그걸 쳐다보던 도원이가 그 잠깐을 못 참고

"으앙. 엄마는 언니만 좋아해~~~."

내 곁으로 파고 들어온다.

내가 뭐라고 생각했던 나는.

내가 뭐긴.

나는 세상에서 하나밖에 없는.

세상에서 제일 좋은 향을 지닌 대체 불가 민소, 도원이 엄마다!

그거면 충분하지!

어떤 설명이 더 필요하겠나 싶다.

| 제 2 장 |

가지고 싶어요, 휴식

일 · 육아 · 가사를 다 잘하고 싶은 슈퍼우먼 그대에게

"너희들은 돼지야."

앤서니 브라운의 《돼지 책》에 나오는 명대사이다. 이 책에는 멋진 차와 근사한 정원을 소유한 피곳과 그의 아내, 두 아들의 이야기가 나온다. 피곳 씨는 나비넥타이에 멋진 정장을 입고 있고, 두 아들은 잘 다려진 교복에 넥타이를 매고 왕 대접을 받고 있지만, 아내의 옷은 무채색이고 뒷모습이 왠지 쓸쓸하게 그려져 있다. 심지어 얼굴엔 표정도 없다.

어느 날 아내는 '너희들은 돼지야'라는 쪽지를 남긴 채 사라졌다. 그 순간 아빠와 아이들은 돼지로 바뀌고 멋진 집은 돼지우리처럼 변해 갔다. 며칠 후 집에 아내가 돌아오자 남편과 아이들은 무릎을 꿇고 사과했다. 그 이후 가족들은 엄마를 위해 요리도 하고, 청소를 하며 각자 집안일을 분담한다. 엄마의 얼굴에 표정이 생기고 행복해졌다.

위 이야기가 우리의 현실과는 전혀 상관없는, 동화책에서만 볼 수 있는 일일까?

"정말 미쳐버리겠어요."

"제발 혼자 있게 나를 그냥 내버려뒀으면 좋겠어요."

오늘 만난 고객과의 코칭 후에 절규에 가까운 외침이 내 머릿속을 둥둥 떠다녔다.

무엇 때문이었을까? 코칭을 원하셨는데, 오후 1시부터 2시까지 가능하다고 하는 고객님.

점심 시간만 코칭이 가능하다는 것부터 고객님이 얼마나 바쁘신 분일지 느낌이 왔다.

권코치 오늘 기분은 어떠신가요?

영은 여유가 하나도 없어서 너무 답답한 느낌이에요.

권코치 그 기분을 색으로 표현하면 어떤 색일까요?

영은 블랙이요. 마음이 새까맣게 타 들어가는 느낌이에요.

권코치 아이고. 마음이 새까맣게 타 들어간다고 하시니 제 마음이 너무 무겁네요. 오늘 그 마음이 환해질 수 있는 대화를 함께하고 싶은데요.
어떤 주제로 이야기를 나누어 볼까요?

영은 쳇바퀴 도는 삶에서 이제 여유를 찾고 싶어요.

권코치 하루 일과를 이야기해 주실 수 있나요?

영은 6시 40분에 일어나서 출근준비 한 후 7시에 애들 아침식사 챙겨주고 7시 40분에 출근해서 일하고 퇴근하면 6시에 집에 도착해요. 그럼 그때부터 11살 딸과 9살 아들 숙제를 봐준 후 저녁먹고 치우고 10시쯤 아이들을 재워요.

권코치 지금 이야기 하신 시간 중에 영은님 시간으로 확보할 수 있는 시간들이 있을까요?

영은 글쎄요. 잘 모르겠어요.

권코치 한 번 더 고민해 주실 수 있나요?

영은 아이들은 제가 집에 오면 엄마랑 숙제하겠다고 기다리고 있거든요. 저도 제가 눈으로 봐야 안심이 되기도 하고요.
여유로운 시간이 있는지 잘 모르겠어요.

권코치 아이들이 과제하는 것을 직접 보셔야 안심이 되는 건 어떤 것 때문일까요?

영은 제가 좀 완벽주의 같은 게 있어요.

권코치 구체적으로 조금 더 이야기해 주실 수 있나요?

영은 어렸을 때 저희 부모님께서도 저한테 관심이 무척 많으셨어요. 잔소리도 정말 많이 하셨고 친구들이랑 비교도 자주 하셨어요. 그러다 보니 그런 소리를 듣는 것이 너무 싫어서 완벽하게 하려고 노력을 많이 했던 것 같아요. 그게 정말 싫었는데 제가 지금 애들한테 그러고 있네요.

권코치 그럼 어떤 시도를 할 수 있을까요?

영은 저는 애들이 학교 마치고 학원도 가야 하고 어차피 제가 또 봐줘야 하니까 이중으로 애들이 고생하는 것 같았거든요.
그래서 저와 같이 숙제를 하는 거였는데, 아이들이 할 수 있는 부분은 먼저 하라고 해야 겠어요. 그리고 제 도움이 필요한 부분이 있으면 이야기를 하라고 해야 할 것 같아요.

권코치 할 수 있는 것은 먼저 하고 도움이 필요한 부분은 이야기하기.
좋은데요? 또 다르게 시도할 수 있는 방법이 있을까요?

영은 아침에 출근할 때 아이들 옷을 제가 다 찾아서 챙겨놓고 나가는데, 직접 찾아서 입을 수 있도록 서랍장을 만들어 주면 좋을 것 같아요.

권코치 혹시 하나 더 시도할 수 있는 것이 있을까요?

영은 지금은 제가 저녁에 일일이 취조하듯 물어보고 있어요.
체크리스트를 만들어 아이들 스스로 해야 할 일을 점검하게 하면 어떨까 싶어요. 저는 체크리스트만 점검해 주고 이야기를 나눈다면 분위기가 훨씬 부드러울 것 같아요.

권코치 좋은 생각이네요. 지금까지 그렇게 하지 않으신 이유가 있을까요?

영은 지금까지는 제가 일일이 다 확인하는 것이 최선이라고 생각했던 것 같아요. 어쩔 수 없는 일이라고 여기면서요.
제가 어렸을 때 제일 싫어했던 모습이었는데 저도 모르게 그렇게 하고 있었네요.

권코치 지금 말씀하신 방법대로 하면 어떤 점이 가장 달라질까요?

영은 일단 아침에 아이들 옷 챙기는 시간이 빠지니, 출근 준비를 좀 여유롭게 할 수 있을 것 같고, 저녁에도 아이들 과제 확인하는 시간이 반으로 줄어들 것 같아요. 아이들과 대화할 때도 저 혼자 일방적으로 하지 않게 될 것 같아요. 아이의 고민에 집중해서 진심으로 들어줄 수 있는 여유가 생길 것 같아요. 너무 피곤하니까 이야기를 하면서도 빨리 끝나기만 기다리는 마음이 있었거든요. 이제는 이야기를 재미있게 할 수 있을 것 같아요.

권코치 오늘 이야기하신 부분 중에 제일 먼저 실천하실 수 있는 것으로는 어떤 것이 있을까요?

영은 체크리스트 만들고, 아이들 서랍장에 자신의 옷을 스스로 정리할 수 있도록 하는 부분이요.

권코치 오늘 저와 이야기하시면서 새롭게 느껴진 부분이 있을까요?

영은 아이들이 11살, 9살이면 어느 정도는 자율성을 주고 책임감을 줘야 했는데, 제가 다 해줘야 한다는 생각에서 못 벗어나니까 힘들었던 것 같아요. 아이들에게 자율성과 책임감을 주는 것만큼 저에게도 자유 시간이 생길 수 있을 것 같아요.

권코치 아이들에게 자율성과 책임감을 주는 것만큼 영은님께 자유시간이 생긴다. 정말 멋진 표현이네요. 오늘 코칭을 이렇게 마치려고 하는데, 혹시 하고 싶은 말씀이나 궁금하신 게 있을까요?

영은 처음엔 해결할 수 없는 일이라고 생각했어요. 어쩔 수 없는 일이라고 포기해버린 부분도 있었던 것 같아요. 그런데 저의 생각을 조금 변화시키니까 할 수 있는 것들이 보여요. 감사합니다.

권코치 저도 감사합니다. 마지막으로 영은님에게 응원 한마디 하고 이 시간 마무리해도 될까요?

영은 아, 응원이요? 너무 혼자 잘하려고 하지 마.
지금도 충분히 잘하고 있어!

권코치 영은님, 지금 충분히 잘하고 계십니다. 저도 함께 응원하겠습니다.
아자! 아자!

영은 하하하. 감사합니다. 저도 코치님 응원하겠습니다. 아자! 아자!

탁. 탁. 탁.

양배추, 당근, 양파 각종 야채를 다지고 아침을 준비하며 아이 방을 향해 소리쳤다.

"민소야, 일어나! 일어날 시간이라고!"

5분 정도 지났을까?

좌르르르.

프라이팬에 계란을 톡 깨뜨려 넣으며 아이 방을 향해 조금 더 큰소리를 냈다.

"민소야! 일어날 시간이라고, 일어나라고!"

탁! 탁!

토스터기에서 식빵이 튀어 오르는 순간,

내 인내심도 한계점을 향해 튀어 올라왔다.

쿵쾅, 쿵쾅.

아이가 잠든 방으로 씩씩대며 걸어간다.

이불로 귀를 막은 아이의 모습에 화가 난다.

"엄마가 일어나라고 몇 번을 말해야 일어날 거야?"

이불을 걷어치우고 화를 쏟아 덮어준다.

아이는 짜증 섞인 목소리로 "아, 일어난다고!" 하며 걸어 나갔다.

눈도 제대로 못 뜨는 아이에게 빨리 먹고 세수하라고 재촉했다.

민소는 샌드위치를 우걱우걱 씹어 넘긴다.

'내 아침잠을 줄여가며 만든 샌드위치를 저렇게 먹다니!'

또 화가 났다. 뭔가 잘못된 것 같았다.

다음 날

샌드위치에 딸기잼, 계란 프라이를 올려 간편하게 만들어 두고 아이를 깨우러 방으로 갔다. 아이가 좋아하는 노래를 틀었다.

아이 등을 쓰다듬고,

어깨부터 발끝까지 토닥토닥 주물러준 뒤 안아주었다.

아이는 씨익 웃었다.

몸을 비비 꼬며 나와 눈이 마주쳤다.

"민소야, 좋은 아침이야. 잘잤어?"

아이는 기분 좋게 일어나 세수하고 샌드위치를 먹었다.

샌드위치에 들어가는 야채를 다듬는 손길과 시간을 아이의 마음을 보듬어 주는 손길과 시간으로 바꿨더니 아침이 한결 편안해졌다.

민들레는 민들레

싹이 터도 민들레
잎이 나도 민들레
꽃줄기가 쏘옥 올라와도 민들레
민들레는 민들레

- 김장성 〈민들레는 민들레〉 이야기꽃 -

눈으로 3번, 소리 내어 3번 읽어보세요.

이제 민들레를 내 이름으로 바꾸어 3번 읽어보세요.

내 어깨를 토닥여주세요.
그리고 "나랑 함께 해줘서 고맙고, 사랑해"라고 말해주세요.

혼자만의 시간이 필요한 그대에게

《샬롯 메이슨과 함께하는 교육》이라는 책에는 부모가 아이를 기르면서 생각해봐야 할 부분이 친절하게 설명되어 있다. 샬롯 메이슨은 결혼도 안 했고, 아이도 낳지 않았다. 하지만 부모가 가져야 할 교육 철학에 대해 누구보다 깊이 있는 통찰력을 보여준다. 아마도 아이를 키우는 상황을 객관적으로 볼 수 있었기 때문이지 않았을까. 라는 추측을 조심스레 해본다. 그녀는 '엄마문화'라는 단어를 소개한다. 엄마문화란 아이들과 더불어 살아가지만 스스로 좋아하는 관심사를 만들고 그것을 꾸준히 누리는 엄마 혼자만의 시간을 뜻한다.

'엄마들이 자기 영혼을 잘 갈고 닦아야 아이들의 영혼을 갈고 닦을 수 있다.
아이들에게 최선을 다하려고 한다면 우리도 반드시 성장해야 한다.'

- 카렌 안드레올라 《샬롯 메이슨과 함께하는 교육》 꿈을 이루는 사람들 -

권코치 요즘 어떤 기분이신가요?

주희 답답할 때가 많아요. 내 삶이 없고, 내 시간이 없어요.

권코치 그 기분에 가장 가까운 색을 하나 고르면 어떤 색이 있을까요?

주희 회색이 생각나요. 하얀색보다 더 탁하고, 검은색에 가까워요.

권코치 우리 주희님의 마음이 맑아질 수 있기를 기대하면서 지금 이 시간에 최선을 다해 보겠습니다. 어떤 주제로 이야기를 하면 좋을까요?

주희 무료함을 긍정적으로 바꾸는 방법에 대해 알고 싶어요.

권코치 조금 더 구체적으로 이야기해 주실 수 있나요?

주희 아이 위주의 삶이 너무 불편하고 힘들어요.
자꾸 쳐지는 기분이 들어요.

권코치 하루 일과를 들려주실 수 있나요?

주희 7시 반에 눈 뜨긴 하는데 밍기적거리다 8시 반에 아이 일어나면 아침 먹이고, 10시쯤 어린이집에 보내고, 12시까지 운동하고 1시쯤 집에 와서 점심 먹고 집 정리하고 2시 반쯤 아이 집에 데려와서 영어 공부 같이하고 3시쯤 저녁 준비하고 아이랑 같이 놀다 6

시에 저녁 먹고 7시 좀 넘으면 남편 저녁 챙겨주고 9시 반쯤 아이가 잠들면 저녁 먹은 거 치우고 10시 반쯤 자요.
이런 생활이 반복되다 보니 너무 지루해요. 아이를 돌봐야 하니까 아웃풋이 하나도 안 나와요. 마음이 너무 힘들어요.

권코치 아이 때문에 아웃풋을 내는 게 많이 힘드시군요.
혹시 아이 출산 전에는 어떠셨어요?

주희 10년 전에 결혼했을 때는 신혼이 1년 정도 있었는데, 그때는 정말 재미있었어요. 그 이후에 아이를 낳기 위해 시험관 시술도 여러 차례 하고 회사도 그만뒀는데 잘 안되서, 그때 많이 지쳤었어요.
그리고 5년 만에 임신이 돼서 아이를 낳았어요. 아이를 낳고 처음엔 행복했어요. 너무 신기하기도 하고, 귀엽기도 하고. 그런데 아이만 있으면 모든 것들이 다 해결될 것 같았는데, 내 시간은 전혀 없고 6년 정도 아이를 키우다 보니까 점점 내가 없어지는 것 같아요.

권코치 아이 키우는 일이 많이 힘들지요. 정말 대단하세요. 제가 지금 주희님의 말씀을 들어보니 아이를 만나기 전에 기다리신 시간이 5년 정도가 앞에 있었네요. 그래서 생각해 보면 총 11년간 주희님보다 아이에게 집중하고 계셔서 정말 힘드셨을 것 같아요.

주희 아! 맞네요! 6년이 아니라, 5년이 더 있었어요. 사실 아이를 키우는 6년보다 그 앞의 5년 동안 기운이 다 빠져 있었던 것 같아요.
에너지가 없는 상태에서 아이를 만나서 키우다 보니 그게 정말 힘들었던 것 같아요!

권코치 그럼요. 그건 정말 힘든 일이었는데, 이렇게 잘 해내신 건 진짜 대단하신 일을 하신 거예요.

주희 감사합니다! 전 정말 까맣게 잊고 있었어요. 앞에 5년이란 시간이 정말 힘들었거든요. 이제 퍼즐이 맞춰지는 기분이에요. 감사해요!

권코치 퍼즐이 맞춰지는 기분이 드신다니 저도 감사하네요. 우리 주희님은 자유시간이 생기면 제일 먼저 하고 싶은 일이 어떤 게 있을까요?

주희 그냥 커피숍 가서 쉬다 오거나 여행가고 싶어요.

권코치 커피숍 가서 쉬는 일을 지금 하기에 어떤 어려움이 있을까요?

주희 아무래도 집안일도 해야 하고, 아이 하원 시간도 신경써야 하고, 좀 어려운 것 같아요.

권코치 그 부분에 대해서 도와주실 수 있는 분이 있을까요?

주희 남편에게 이야기하면 가능할 것 같기도 해요.

권코치 지금까지 남편에게 이 부분에 대해 이야기를 안 한 이유가 있을까요?

주희 그냥 남편도 일하느라 힘든데 제가 쉰다고 말하기가 좀 그래서 그랬던 것 같아요.

권코치 앞으로도 안 하면 어떻게 될까요?

주희 곧 폭발할 것 같아요.

권코치 그럼 어떻게 하면 좋을까요?

주희 지금 기분을 솔직하게 말하고 하루 정도는 좀 쉬어야 할 것 같아요.

권코치 그렇게 휴식을 하고 나면 어떤 기분이 들 것 같으세요?

주희 개운할 것 같아요.

권코치 그 개운한 기분으로 어떤 걸 하고 싶으세요?

주희 공인중개사 공부를 해보고 싶기는 한데 아직 자신이 없어요.

권코치 아직 자신이 없는 건 어떤 것 때문일까요?

주희 이제 아이가 크고 자유 시간이 조금씩 생기는 것 같은데, 공부를 해야 한다고 생각하니 자신이 없는 것 같아요.

권코치 그렇지요. 공부를 다시 시작한다는 건 정말 어려운 일이지요. 혹시 어떻게 하면 공부를 다시 시작할 수 있는 마음이 들까요?

주희 글쎄요.

권코치 5년 후에 주희님은 어떤 모습으로 있으실까요?

주희 5년 후요? 글쎄요?

권코치 5년 후에 주희님께서 공인중개사에 합격하시고 일하시는 모습을 한번 상상해 볼까요?

주희 네, 좋아요~.

권코치 어떤 기분이 드시나요?

주희 활기차고, 에너지가 막 넘치게 일하는 기분이 들어요.

권코치 주희님의 목소리에서 긍정적인 에너지가 느껴져 저까지 덩달아 활기찬 기분이 들어서 좋네요. 5년 후에 공인중개사로 일하시려면 지금 어떤 것을 제일 먼저 해야하나요?

주희 제일 먼저해야 하는 것은 시험 일정을 알아보고 계획을 세워야 할 것 같아요. 계획을 세우고, 에너지를 좀 비축해야 할 것 같아요.

권코치 좋아요. 에너지를 비축한 후에는 어떤 일을 해야 할까요?

주희 공인중개사 공부하는 사람들이 모여 있는 인터넷 카페에 가입해서 분위기를 살펴봐야 할 것 같아요.

권코치 분위기를 살펴보고 그 이후에는 어떤 것을 해야 할까요?

주희 공부를 시작해야 할 것 같아요.

권코치 조금 전에는 망설임이 있었는데 지금은 어떠신가요?

주희 바로 시작할 수 있을 것 같아요.

권코치 어떻게 바로 시작해야 겠다는 확신이 생기셨나요?

주희 지금 공부를 시작하지 않으면 5년 후에 후회할 것 같아요.
그리고 그때도 같은 고민을 할 것 같다는 생각이 들었어요.

권코치 이렇게 의지가 생겼다고 하니 저도 너무 좋네요.
지금 기분은 좀 어떠신가요?

주희 청량한 기분이 들어요. 머리가 맑아졌어요.

권코치 오늘 말씀하시면서 새롭게 알게 되셨거나 정리된 것이 있으셨나요?

주희 저는 6년 동안 아이 키우면서 제가 없어지는 것 같고 지쳤다고만 생각했었는데, 이야기를 하다 보니 그 앞에 시간들이 꽤 길게 있었다는 것을 알게 됐어요.
그러다 보니 지금의 제가 이해되기도 했고, 남편에게 조금 더 제 기분을 이야기하고, 상황을 좀 개선해야겠다는 생각을 했어요.

권코치 정리된 내용 중에 삶에 딱 한 가지를 적용해 본다면 어떤 것을 해보시겠어요?

주희 일단 쉬고 싶을 땐 남편에게 당당히 이야기하고, 공부 계획 짜서 시작해 보겠습니다.

권코치 저도 응원하겠습니다. 오늘 코칭 이렇게 마무리해도 될까요?

주희 네, 정말 감사합니다. 공부 계획 세우고 틈틈히 코치님께 연락드려도 될까요?

권코치 당연하지요. 언제든 기다리고 있겠습니다.

주희 열심히 해보겠습니다. 감사합니다.

나 혼자만의 시간이 주어진다면 하고 싶은 것들.

아! 좋다!!

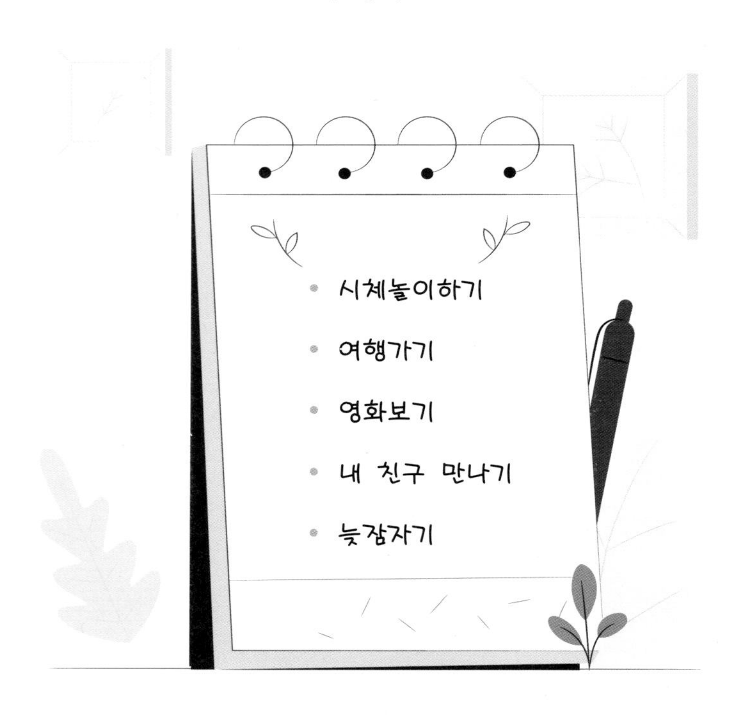

스스로 예쁘다고 여기며 살았을 땐 내 영혼에 크게 관심이 없었다.

요즘은 내 영혼이 어떤 모습일지 궁금하다.

그 영혼이 조금이라도 더 아름답기를 바란다.

어떻게 하면 내 영혼은 좀 더 나은 모습이 될 수 있을까?

난생 처음으로 뭐 이런 게 궁금하다.

시간이 많지 않다는 것은 사람을 변하게 한다.

- 신민경 《새벽 4시, 살고 싶은 시간》 책구름 -

혼자만의 시간이 생긴다면 꼭 해보고 싶은 한 가지는?

그걸 하면서 혹은 하고 나면 어떤 기분일까요?

미리 축하합니다!! 그 감정을 미리 맛보는 기분은 어떠신가요?

* 시작하기 전까지 상상으로 그 상태를 유지하면 좋겠습니다.

감정 조절을 잘하고 싶은 그대에게

《문제는 무기력이다》라는 책에서 '무기력'이란 '자발성이 없는 상태'라고 말한다. 무기력은 '학습된 무기력'과 '은밀한 무기력'으로 나눌 수 있다. '학습된 무기력'이란 외부의 영향으로 내 통제권이 사라질 때 느끼는 좌절이 무의식 중 학습되어 시도조차 안 하는 심리적 현상이다. 예를 들면, 문제를 열심히 풀어도 계속 틀리기만 할 때 '나는 해도 안 되는구나'라고 포기하게 되는 것을 말한다.

'은밀한 무기력'이란 해야 할 일이 아니라 심리적으로 편안함을 느끼는 쉬운 일이거나 중요한 일을 대체할 수 있는 엉뚱한 일을 하며 시간을 보내는 것이다. 시험 공부를 하기 전에 책상을 몇 시간 동안 치우면서 시간을 허비하고 '책상에 오래 앉아 있었다'라고 스스로 위안하는 것을 예로 들 수 있다. 학습된 무기력보다 무서운 것은 은밀한 무기력이다. 그것은 본인이 속고 있는 것 자체를 모르기 때문이다.

은밀한 무기력에서 벗어나기 위해서는 마인드 리셋을 통하여 새로운 삶의 관점을 머릿속에 리뉴얼해야 한다. 무기력 상태의 시작점에 집중하기보다는 도착하고자 하는 도달점에 집중해야 한다. 우리는 어떤 일을 할 때 '조금씩 노력하면 좋아질 것이다.'라고 생각하지만 무기력만큼은 서서히 빠져나올 수 있는 것이 아니다. 한번에 '탁!'치고 나와야 한다. 그리고 그 상태를 유지하기 위해 작은 성공부터 반복하면서 내면의 힘을 길러야 한다.

권코치 요즘 기분이 어떠신가요?

민주 음. 요즘 기분은 허탈하고 무기력해요.

권코치 허탈하신 기분이 어디에서 오는 건지 나누어 주실 수 있나요?

민주 코로나가 너무 오래 지속되다 보니 뭘 어떻게 해야 하는지 모르겠어요. 계획하더라도 계속 못하게 되고, 이제는 제가 뭘 원하는지도 잘 모르겠어요.

권코치 맞아요. 코로나가 이렇게 오래 지속되리라고는 생각을 못해서 저도 굉장히 당황스러워요. 많이 힘드시지요.
지금 이 기분을 색으로 표현한다면 어떤 색이 떠오르시나요?

민주 보라색이요.

권코치 보라색이 떠오른 건 어떤 것 때문일까요?

민주 마음은 검은색 같긴 한데, 그래도 조금씩 힘을 내고 있으니까 보라색 정도는 되는 것 같아요.

권코치 와우! 자체적으로 색 보정을 하신 거군요. 훌륭하십니다.
민주님과 지금 이 시간을 함께 할 수 있어서 영광입니다.
이 귀한 시간에 어떤 주제로 이야기를 나누면 좋을까요?

민주 저는 요즘 감정 조절이 안 되서 힘들어요.

권코치 감정 조절이 마음처럼 되지 않을 때는 정말 힘들지요. 저도 그럴 때가 있어서 이해해요. 지금 말씀하신 부분을 오늘의 대화 주제 한 문장으로 만든다면 어떻게 하면 될까요?

민주 감정조절을 잘 할 수 있는 방법찾기로 하고 싶어요.

권코치 좋아요. 감정조절을 어렵게 하는 이유는 어떤 것이 있을까요?

민주 요즘 제가 원해서 그러는 게 아니라 코로나 때문에 계속 집에만 있어야 하니 제가 스트레스를 해소할 수 있는 시간이 없어서 더 그런 것 같아요.

권코치 요즘 집에 있는 게 원해서 그런 게 아니니 더 그럴 수 있는 것 같아요.
예전에는 감정 조절을 잘하는 편이셨나요?

민주 아, 아닌 것 같아요. 예전에도 저는 감정 조절을 잘 못하는 편이었던 것 같아요. 다혈질이었던 것 같아요.

권코치 과거에도 다혈질 성격이셨군요. 그런데 요즘에 감정 조절이 잘 안 되는구나 생각하게 된 계기가 있을까요?

민주 예전에는 감정 조절을 잘 못해도 아이들 없이 혼자였으니까 크게 문제가 안 된 것 같아요. 지금은 화가 나면 바로 옆에 아이들한테 화를 내기도 하고 방치하기도 하면서 이러면 안 되는데 라는 생각이 들어서 신경이 계속 쓰여요.
첫째가 5살이고 둘째가 3살인데 아무래도 말을 조금 알아듣는 첫째한테 부정적인 이야기를 많이 해서 미안하다는 생각이 많이 들어요. 제가 그러면 아이도 사소한 거에 짜증을 내거나 칭얼거리는 횟수가 늘어나고 악순환이 반복되는 것도 힘이 들어요.
사실 5살이면 아직 어린데 첫째니까 혼자 알아서 했으면 좋겠다고 제가 아이한테 기대하는 게 있는 것 같아요.

권코치 아이가 울거나 짜증을 낼 때 아이를 보면 어떤 마음이 드시나요?

민주 음. 제가 어렸을 때 생각이 나요. 저는 어렸을 때 울면 혼났었거든요. 그러다 보니 울기보다 짜증을 많이 냈던 것 같아요.
지금 생각해 보니 그래서 다혈질적인 성격이 된 거 같기도 하네요.
또 부모님께서 제 감정을 인정해 주신 경험이 없다 보니까 아이가 그럴 때 저도 어떻게 받아줘야 하는 지도 좀 어려운 것 같아요.

권코치 어렸을 때 그런 경험이 있으셔서 지금 상황이 더 마음이 쓰이시는군요.
혹시 지금 이 상황을 도와주실 분이 있나요?

민주 남편이 있는데, 예전에는 주말에 남편이 애기 봐주고 저는 외출해서 사람들도 많이 만났었거든요.
지금은 밖에 나가기도 어렵고 남편도 지금 저한테 어떻게 해줘야 할지 잘 모르겠다고 말해요.

권코치 두분에게 지금이 참 어려운 시간이시군요.
어떨 때 감정이 다운되는 걸 느끼시나요?

민주 밤에 자기 전이나 주말, 그리고 2020년에서 2021년으로 넘어갈 때 진짜 우울했어요.

권코치 어떤 것 때문에 진짜 우울하셨는지 나눠주실 수 있나요?

민주 그냥 매일 매일이 똑같고, 해놓은 것도 없는데 시간은 자꾸 가고, 허무하더라고요. 나이만 먹는 것 같고. 제가 또래 친구들보다 결혼을 좀 빨리 한 편이라 자유로운 싱글 친구들이 많거든요.
코로나라도 하고 싶은 거 조심해서 다하고 그러는데 저는 그럴 수 없으니 더 그랬던 것 같아요.

권코치 친구들이 자유로운 걸 보니 마음이 더 그럴 수도 있었겠네요. 민주님께서 지금 상황에서 매일이 똑같지 않게 느끼려면 어떤 걸 할 수 있을까요?

민주 음, 취미 생활을 하면 좀 나을 것 같기도 해요.

권코치 어떤 취미 생활이 있을까요?

민주 제가 비즈 공예로 팔찌를 만들어서 친구들한테 선물하는 거 좋아했었는데, 음… 이건 만들어도 지금 사람을 만날 수가 없으니 안 될 것 같아요. 요즘도 가끔 만들 때가 있는데 만들어 놓은 것을 아이가 다 끊어놓고 그러면 속상하기만 한 것 같아요.

권코치 아! 손재주가 좋으시군요. 그런데 아이가 끊어 놓으면 속상하시겠어요. 혹시 또 시도할 수 있는 일이 있을까요?

민주 제가 건강에 관심이 많거든요. 운동을 매일 해도 괜찮을 것 같아요.

권코치 운동 좋네요! 혹시 지금까지 운동을 안 하셨던 이유가 있을까요?

민주 운동을 애들이 잘 때 해야 하는데, 막상 애들이 자면 저도 피곤하니까 안 하게 되더라고요.

권코치 애들 잘 때 주로 어떤 것을 하시나요?

민주 그냥 핸드폰으로 이것저것 하다보면 2~3시간이 금방 지나가요.

권코치 그렇게 시간이 지나고 나면 어떤 기분이 드시나요?

민주 '오늘 하루도 또 이렇게 무의미하게 끝났구나. 언제까지 이렇게 살아야 하지?'라는 생각이 들어 답답해요.

권코치 핸드폰 말고, 말씀하신 것처럼 운동을 하고 잠이 들면 어떤 기분이 들까요?

민주 뿌듯할 것 같아요. 운동하고 자면 잠도 푹 잘 수 있을 것 같아요.

권코치 그럼 민주님께서 운동을 예전에도 생각하셨지만, 꾸준히 하지 못한 경험이 있으신데요. 계속 하려면 어떤 방법이 있을까요?

민주 써서 붙여 놓고 자주 보면 될까요?

권코치 오! 좋은 방법이네요. 자주 보면 아무래도 해야겠다는 생각이 드니까요. 그리고 어떤 것을 더 하면 더 효과가 있을까요?

민주 했는지 안 했는지를 체크하면 될까요?

권코치 그것도 좋은 방법이네요. 그러면 매일 어떤 운동을 하면 될까요?

민주 제가 가끔 보는 유튜브 홈트를 하루에 30분 정도 하면 될 것 같아요.

권코치 운동을 통해서 이루고 싶으신 게 있으실까요?

민주 살 빼거나 이런 건 아니고, 체력이 없어서 체력을 좀 기르고 싶어요.

권코치 언제 시작해서 언제 끝나는 걸로 체크하면 좋을까요?

민주 내일부터 시작해서 일주일 단위로 체크해도 좋을 것 같아요.

권코치 일주일 단위로 정하신 이유가 있을까요?

민주 너무 길게 잡으면 익숙해져서 또 안할 것 같아요.

권코치 짧게 체크하면 완성하고, 또 하는 맛이 있으니 효과가 좋을 것 같아요. 일주일 단위씩 최종 목표를 언제로 하면 좋을까요?

민주 최종 목표요? 제가 체력이 부족해서 평생 해야 하는데, 일단은 한 달 해볼게요. 그러면 좀 익숙해질 것 같아요.

권코치 한 달 후 민주님의 모습을 상상해 보면 어떤 기분이 드시나요?

민주 운동을 매일 하고 잠드니까 푹 잘 수 있을 것 같고, 살도 좀 빠질 테니 옷 입을 때 기분이 좋아질 것 같아요. 그리고 체력이 생기면 아이들이랑 좀 더 잘 놀아줄 수 있을 것 같아요.

권코치 그러면 집안에는 어떤 변화가 생길까요?

민주 제가 잘 놀아주면 아이들 기분이 좋아질 것 같고, 그러면 제 기분도 좋을 거고, 제 기분이 좋으면 남편도 제 눈치 안 봐도 되니 기분이 좋을 것 같아요.

권코치 기분이 좋아지실 것 같다고 하시니 저도 좋네요. 처음에 저랑 감정 조절을 잘 하는 방법에 대해 이야기하고 싶다고 하셨는데요.
이 부분에 대해서는 어떤 변화가 있을까요?

민주 지금 상황에서는 감정 조절이 안 되는 게 당연한 거라고, 코로나가 끝나지 않는 이상 어쩔 수 없는 거라고, 그냥 시간만 보냈던 것 같은데요.
이 부분이 어쩔 수 없는 게 아니라 지금 상황에서 할 수 있는 것들을 찾고 노력해야 겠다는 생각이 들었어요.
운동 아직 시작도 안 했는데 벌써 기분이 좋아졌어요. 이번에 운동하면서 또 다른 것도 할 수 있는지 찾아 봐야 할 것 같아요.

권코치 운동 이외에 다른 것도 찾아봐야 겠다는 생각이 드셨다니 저도 좋네요.
오늘 코칭을 이렇게 마무리하려고 하는데 혹시 더하고 싶은 말씀이나 질문이 있을까요?

민주 사실 코칭을 신청하면서 '마음이 좀 편해졌으면 좋겠다.'라는 생각이 제일 컸었거든요.
하지만 한편으로는 '내 마음을 내가 진정 못 시키는데 이게 가능할까?'라는 생각도 같이 있어서 크게 기대를 하진 않았는데요.
감정이라는 부분만 계속 보다가 다른 부분도 보니까 기분이 좋아질 수 있다는 걸 알게 돼서 정말 좋았어요. 감사합니다.

권코치 저도 감사합니다. 민주님께서 정말 좋다고 하시니 저도 정말 좋네요.
계획하신 일들 언제부터 시작하면 좋을까요?

민주 당장 오늘부터 시작해볼게요.

권코치 와우. 불타는 의지가 느껴지네요. 운동 열심히 하시고 제가 도울 일 있으면 언제든 말씀하세요. 응원하겠습니다.

민주 네! 코치님 정말 감사합니다.

권코치 네, 민주님 저도 정말 감사합니다.

심리학에서는 행동을 관찰하거나 기록하기만 해도 사람들의 행동이 달라지는 것을 '반응성 효과'라고 한다. 이 효과를 통해 스스로 행동을 관찰하고 잘못된 행동을 수정하는 것은 '자기감찰 기법'이라고 한다. 24시간 나를 관찰하기보다는 하나의 목표를 정해서 기간을 두고 매일 실천 여부를 확인하여 작은 성취의 기쁨을 나에게 선물하자. 그리고 짧게 주 단위, 길게 월 단위로 확인하며 큰 성취의 기쁨을 선물해 보자.

마음의 준비가 되었다면 나에게 성취의 기쁨을 줄 목표를 수치화해보자.
(예 : 운동 30분, 감사 일기 3줄, 독서 10p, 필사 1장 등)

목표							
1주차	월	화	수	목	금	토	일
O, X							
주간 피드백							
2주차	월	화	수	목	금	토	일
O, X							
주간 피드백							
3주차	월	화	수	목	금	토	일
O, X							
주간 피드백							
4주차	월	화	수	목	금	토	일
O, X							
주간 피드백							
전체 소감							

한 달 후 목표 ________%를 달성할 경우, 스스로에게 어떤 선물을 주시겠습니까?

불안한 마음을 해소하고 싶은 그대에게

마크 브래킷은 《감정의 발견》이라는 저서에서 '자신의 감정 상태를 표현하는 능력은 다른 사람들의 도움이나 위안을 얻어 내는 힘이라는 점에서 중요한 감정 조절 능력이다'라고 하였다.

"지금 기분 어때?"라는 질문에 어떤 대답을 하는가? 나는 주로 "괜찮아"라는 대답을 하는 편이다. '좋다', '싫다'라는 말로 굳이 상황을 더 설명해야 하는 번거로운 상황을 만들고 싶지 않을 뿐더러 내 기분을 솔직하게 말해서 지금 편안한 분위기를 망치고 싶지도 않다. 또한 말한다고 해서 딱히 달라질 것도 없을 것이란 생각 때문이기도 하다. 이 외에도 기분을 표현하지 않는 이유는 무궁무진하다. '괜찮다'는 대답이 내가 정말 괜찮을 때는 괜찮다. 그러나 '울고 싶은 아이의 뺨 때린다.'라는 말에서 아이가 뺨을 맞아서 우는 것이 아니라, 울고 싶은 마음이 들었을 때 맞은 것을 핑계 삼아 우는 것처럼 내 기분이 좋지 않을 때 옆에 있던 사람이 잘못 건드리면 그 사람은 큰 불똥을 맞게 되는 상황에 처할 수 있다. 그러면 상대방과 나의 관계가 틀어질 위험이 생긴다. 기쁘면 기쁘다고 말해서 기쁨을 나누고, 도움이 필요하면 도움이 필요하다고 솔직하게 말하자. 그것이 우리의 소중한 관계를 지켜줄 수 있는 방법이다.

내가 남편과 결혼을 선택하게 된 이유는 남편 앞에서만큼은 내 감정을 솔직하게 표현해도 힘들거나 어색하지 않았기 때문이다. 나의 희로애락 감정들을 표현할 수 있다는 것, 이런 나의 모습을 자신의 기준에 맞추어 판단하지 않고 있는 그대로 받아주는 사람이 있다는 것은 축복이다. 감정을 당당하게 표현하는 것은 감정을 조절하고 삼켜야 할 때를 아는 것만큼이나 중요하다. 지금 당신의 감정은 어떠한가? 그리고 그 감정은 표현되어야 하는가? 아니면 한 번 더 생각을 해 보아야 하는 감정인가?

권코치 오늘 기분은 어떠셨나요?

지은 불안한 마음이 계속 들어요. 부정적인 생각이 많이 들고, 스트레스가 요즘 정말 너무 많아요. 예민하지만 단순해서 바로 까먹는 편이긴 한데, 요즘은 이런 기분이 자주 반복되니까 힘들고 가끔 숨이 턱턱 막힐 때도 있어요.

권코치 숨이 턱턱 막힐 만큼 힘들다고 하시니 저도 걱정이 많이 되네요.
오늘 저와의 대화가 도움이 되셨으면 하는 마음이 어느 때보다 더 간절하게 듭니다.

지은 감사합니다!

권코치 오늘 저와 함께 어떤 주제로 이야기를 하면 좋을까요?

지은 불안한 마음을 해소하는 방법에 대해 이야기하고 싶어요.

권코치 불안한 마음을 해소하고 싶다는 것을 다르게 표현하면 어떻게 표현할 수 있을까요?

지은 글쎄요. 편안한 마음을 갖고 싶다. 긍정적인 생각을 하며 사는 방법을 알고 싶다. 이렇게 하면 될 것 같아요.

권코치 표현을 바꿔보셨는데 어떠셨나요?

지은 분명 같은 말을 표현만 바꾼 것인데 신기하게 마음이 좀 차분해지는 것 같아요.

권코치 혹시 마음이 차분해진 것이 무엇 때문인지 잠깐 생각해 보시겠어요?

지은 내 마음은 불안하다... 불안하다...라고 할 때는 나한테 뭔가 문제가 생긴 것 같고, 해결해야 할 것 같았는데 편안한 마음이랑 긍정적인 생각을 하면 된다고 생각하니 '긍적정인 생각을 하면 되겠구나.'라는 생각이 들어서 그런 것 같아요.

권코치 지은님께서 그렇게 말씀해 주시니 제 마음까지 벌써 편안해진 것 같아요. 감사합니다. 오늘 지은님께서 저와 나눌 이야기 주제를 한 문장으로 정리하면 어떻게 할 수 있을까요?

지은 긍정적인 생각을 하고 편안한 마음을 갖고 사는 방법을 알고 싶다. 이렇게 하면 될 것 같아요.

권코치 좋아요. 지은님께서 지금까지 살면서 가장 편안하고 긍정적인 마음이 들었던 경험을 나눠주실 수 있나요?

지은 저는 회사에서 야유회나 체육대회를 할 때 노래를 하면 기분이 좋아지고 마음이 편안했던 것 같아요.

권코치 와! 그렇게 사람이 많은 곳에서 노래를 하는 것이 정말 쉽지 않은 일인데 대단하시네요. 그런 상황이 기분이 좋고, 마음이 편해진 상황이라고 생각된 것이 어떤 것 때문인지 이야기해 주실 수 있나요?

지은 그러게요. 저도 어떻게 그때 생각이 났는지 신기하네요. 기분이 좋고 편안한 상태라고 하니까 딱 저 상황이 생각났어요.

권코치 저 상황을 다시 떠올려 보시겠어요?
어떤 요소들이 지은님 기분을 좋게하고 편안함을 느끼게 했나요?

지은 무대에서 노래를 부를 때는 다른 사람을 신경쓰지 않고 제가 좋아하는 노래만 집중해서 하면 되고, 또 사람들이 인정해주고 칭찬해주니까 기분이 좋았던 것 같아요.

권코치 그럼 위에 말씀하신 타인 신경쓰지 않기, 좋아하는 것에 집중하기, 인정받기 이렇게 세 가지가 충족되면 우리 지은님 마음이 편안해 지고 긍정적인 생각을 하시며 지내실 수 있을까요?

지은 네! 그럼 정말 좋을 것 같아요!

권코치 그럼 하나씩 이야기를 해볼게요. 요즘 제일 신경을 많이 써야 하는 사람이 누구일까요?

지은 아이가 제 기분에 영향을 많이 받거든요. 제가 안정되면 아이도 안정이 되고, 제가 예민하면 아이도 예민해져서 신경을 많이 쓰게 되요.

권코치 아이가 지은님의 영향을 많이 받는다고 생각하신 계기가 있었나요?

지은 현재 제 아이가 딱 그렇다기보다는 문득 생각이 났어요.
제가 어렸을 때 부모님께서 자주 다투셨거든요. 그걸 보면서 정말 스트레스를 많이 받았어요. 그래서 저는 부모가 되면 '아이한테 제 감정을 드러내지 말자'라고 생각을 한 게 무의식중에 있었던 것 같아요.
그래서 집에서 감정 표현을 하기보다는 자꾸 속으로 쌓아 놓다 보니 마음이 불편하고 그러면 또 불안해지고 그랬던 것 같아요.

권코치 지은님의 마음을 잘 표현하지 않으시니 힘드시겠어요. 그런데 앞으로도 마음을 표현하지 않으시면 어떻게 될지 잠깐 생각해 보시겠어요?

지은 저는 제 마음을 표현하지 않는 게 아이 마음 편하게 해주려고 배려하는 거라고 생각했어요. 그런데 제가 제 마음을 표현하지 않으면 결국 표정이나 행동으로 드러날 텐데 그러면 아이가 더 불안하게 느낄 수도 있겠네요.
앞으로는 아이에게 제 생각이나 마음을 이야기해야 겠어요.

권코치 좋아요. 두 번째로 지은님이 집중할 수 있는 좋아하는 일은 어떤 게 있을까요?

지은 좋아한다기보다 아이들이 어느 정도 커서 이제 일을 시작하려고 하는데 어떻게 해야 할지 모르겠어요.

권코치 혹시 어떤 일을 하려고 하시는지요?

지은 보육교사 공부를 시작하고 싶은데 어떻게 해야 하는지 모르겠어요.

권코치 조금 더 구체적으로 이야기해 주실 수 있을까요?

지은 뭘 모르는지를 모르겠네요. 하하.

권코치 그럼 뭐부터 시작하면 좋을까요?

지은 일단 보육교사 공부를 할 수 있는 학원을 알아보면 될 것 같아요.

권코치 학원을 알아보시고 그 다음은 무엇을 하면 좋을까요?

지은 학원 시간표에 맞춰 공부를 시작하면 될 것 같아요.

권코치 좋아요. 그럼 학원은 언제부터 알아보면 될까요?

지은 오늘 코칭 끝나고 바로 알아보면 될 것 같아요.

권코치 알아보다 막히는 부분이 있다면 어떻게 하는 게 좋을까요?

지은 인터넷 보육교사 공부하는 사람들 카페를 가입하거나 코치님께 전화해도 될까요? 하하. 농담입니다.

권코치 당연히 저한테 연락하셔도 되지요. 그리고 인터넷 까페에서 같은 목표를 가진 분들에게서 얻는 에너지가 있어서 그렇게 하셔도 정말 좋을 것 같아요.

권코치 세 번째로 어떤 부분이 지은님의 마음을 편하게 할 수 있다고 하셨지요?

지은 인정과 칭찬을 받으면 마음이 편안해지고 긍정적으로 지낼 수 있을 것 같다고 했어요.

권코치 그 부분은 어떻게 하면 좋을까요?

지은 제가 열심히 공부해서 자격증을 취득한다거나 일을 시작하면 자연스럽게 해결될 수 있는 일인 것 같아요.

권코치 '자연스럽게 해결 될 수 있는 일이다.'라는 표현이 참 감사하네요.
저는 지은님께서 이렇게 코칭을 직접 신청하셔서 본인의 생각을 저에게 나눠주시고 또 스스로 어떤 모습으로 변해가고 싶은지 계획하며 말씀하시는 것을 보니 앞으로가 정말 기대된다는 말씀을 해드리고 싶어요.

지은 그런가요? 하하. 감사합니다!

권코치 오늘 저와 더 나누고 싶거나 새롭게 느끼신 부분의 이야기가 있을까요?

지은 저는 제 마음을 다른 사람들한테 말로 표현하지 않으면 다른 사람들이 저로 인해서 기분이 좌지우지되거나 영향을 받지 않을 거라고 생각하고 참으면서 지냈었어요. 그런데 결국은 저는 저대로 마음이 힘들어지고, 아이는 아이대로 제 눈치를 보느라 오히려 더 힘들었을 거라는 생각이 드니 아이와 서로의 감정에 대한 대화를 더 많이 해야 겠다는 생각이 들었어요.
그리고 제가 집중할 수 있는 일을 시작하면 지금 이런 불안한 마음들도 자연스레 정리될 수 있을 것 같다는 생각이 드니 마음이 편안해졌어요. 감사합니다.

권코치 오늘 코칭을 이렇게 마무리해도 될까요?

지은 네, 감사합니다. 한번 열심히 해볼게요! 그리고 꼭 좋은 소식 전해드릴게요.

매주 토요일 5주간 아침 9시에서 저녁 7시까지 종일 특강을 들었다.

다음 날인 일요일 아침. 몸도 마음도 지칠 대로 지쳐 있었다.

엄마 껌딱지 두 아이가 내 주변을 쉴틈없이 어슬렁거리며 장난을 쳤지만 장난을 받아 줄 여유가 없었다. 밤 12시까지 제출해야 할 대학원 과제가 남아 있었기 때문이다. 온종일 책상 앞에서 시간을 보내고 남편이 준비해준 저녁을 먹고 바로 일어났다.

"엄마, 조금만 놀아줘. 놀다 가. 응? 응?"

매달리는 성화에 숨 한번 크게 쉬고 다시 엉덩이를 바닥에 붙였다.

"뭐하고 놀까? 엄마가 오늘 밤까지 숙제를 해야 해서 우리 딱 30분만 재밌게 놀자. 지금 긴 바늘이 12에 있지? 6에 갈 때까지 놀 수 있어."

"우와아!! 예!!"

말이 끝나기가 무섭게 민소는 카드 상자를 가져왔다.

"이거 어제 엄마가 학교 갔을 때 아빠랑 수업 들은 건데 감정 카드래. 이 카드에 감정 단어들이 있어. 여기서 엄마 기분이랑 제일 비슷한 거를 3장 고르고 카드를 고른 이유를 우리한테 설명해 주면 돼. 알았지?"

설명을 마친 민소는 카드를 펼쳐 놓고 제법 진지한 표정으로 본인의 감정을 고르고 있었다.

감동적인, 열정적인, 고마운, 자랑스러운, 걱정되는, 심심한, 억울한, 설레는, 신나는 등등 수십 개의 감정 단어들 중에 아이가 어떤 카드를 고를지 나도 모르게 집중하고 있었다.

여러 장의 카드를 올렸다 내렸다 심사숙고하며 민소가 고른 오늘의 감정 카드 3개는 '재미있는', '심심한', '억울한'이었다.

“아빠랑 어제 감정 코칭 수업 듣고 스티커 붙이기를 했는데 재미있었어. 오늘은 엄마가 종일 방에서 공부만 해서 심심했고, 낮에 도원이가 잘못한 건데 아빠한테 둘 다 혼나서 억울했어.”

민소는 묻지도 않았는데 본인이 왜 그 카드를 골랐는지 이유를 쉬지 않고 설명했다. ‘정말 말하고 싶었나 보다.’라는 생각이 들어 마음이 짠했다.

충분히 그럴 수 있었겠다고 마음을 인정해 주고 다음부터는 민소 마음이 억울하지 않게 더 신경 쓰겠다고 하자 쑥스럽단 듯이 씨익 웃으며 내 품에 쏙 들어와 안겼다.

“오늘 어땠어?”

“재밌었어.”

“엄마도 재밌었어.”

예전에 민소와 잠들기 전 나누었던 대화이다.

우리는 매일 똑같이 오늘 하루 재밌었다는 것 하나만 확인한 채 잠들었다.

그런데 감정 카드를 이용하니 대화가 비엔나 소세지처럼 줄줄 나오게 되었다.

“엄마! 엄마도 골라봐!”

나도 한참을 고민하다 '미안한', '지친', '피곤한'을 골랐다.

민소는 내가 고르는 것을 유심히 바라보다

"엄마! 엄마! 이것도 엄마 카드 같아."

라고 민소가 내민 카드는 '예민한', 짜증스러운'이었다.

나는 얼굴이 벌개지도록 한바탕 크게 웃고 난 후 민소에게 물었다.

"이 감정 단어들을 엄마한테 왜 준건지 궁금한데 이야기해 줄래?"

민소는 나의 박장대소에 "하 아하하 아아 하아." 멋쩍게 같이 웃던 웃음을 멈춘 후,

"엄마, 모르겠어? 오늘 내가 말만 걸면 계속

'있다가 이야기해, 아빠한테 부탁해, 지금 바빠, 나중에, 지금 꼭 해야 해?

이 방에서 나가줘.' 하루 종일 이런 말만 했잖아.

이거 엄마가 예민해서 그런 거 아니야?"

"에고. 엄마가 그랬어? 엄마가 너무 미안해. 엄마가 오늘까지 꼭 해야 하는 게 있어서 마음이 급했나 봐. 정말 미안해."

"엄마, 미안해 하지 않아도 돼."

담담하게 말하는 민소의 대답에 눈물이 핑 돌았다.

저렇게 예쁘지 않은 말을 온종일 한 엄마에게 미안해하지 않아도 된다니!

그런데 이어지는 말에 나는 망부석처럼 굳어버렸다.

"요즘 계속 그랬잖아. 오늘만 그런 것도 아닌데, 뭘 사과하고 그래?"

엄마인 내가 화를 내도 후다닥 뛰어와 내 품에 꼭 안기는 아이였기에 금방 잊어버리는 줄 알았다.

다 기억하고 있는데도,

나한테 와서 안기고 부비고 했던 거였다.

단지 내가 엄마라는 이유로.

그동안 나는 내가 아이를 다 포용하고 있다고 생각했는데 아니었다.

아이가 나를 기다려주고 포용하고 있었던 것이었다.

감정을 솔직하게 표현할 수 있는 시간은 상황을 객관적으로 바라볼 수 있도록 해 주었다. 또한 서로의 마음을 나누는 최고의 방법이라는 것을 배울 수 있었다.

서울대 심리학과 민경환 교수팀의 연구에 의하면 감정을 표현하는 단어는 약 434개이며 그중 기쁨처럼 쾌快를 표현하는 단어는 전체의 30%, 화처럼 불쾌不快를 나타내는 단어가 70%가 넘는다고 한다. 우리는 일상생활에서 감정 단어를 몇 개 사용하고 있을까?

기쁨 행복한, 기쁜, 편안한, 뿌듯한, 유쾌한, 즐거운, 짜릿한, 상큼한, 시원한, 가벼운, 만족스러운, 상쾌한, 황홀한, 안심되는, 재미있는, 흐뭇한, 감동받는, 홀가분한 기타 등등

슬픔 슬픈, 외로운, 절망스러운, 처량한, 가슴이 찢어지는, 안타까운, 서러운, 울고싶은, 답답한, 상처받는, 죄책감, 불쌍한, 캄칸한, 한스러운, 공허한, 측은한, 수치심, 불쾌한 기타 등등

사랑 사랑스러운, 인정받는, 매력을 느끼는, 따뜻함을 느끼는, 관심이 가는, 고마운, 다정한, 평화스러운, 도와주고 싶은, 사랑받는, 정성스러운, 존경스러운 기타 등등

욕심 약 오르는, 경쟁심을 느끼는, 질투를 느끼는, 고집을 부리는, 부러운, 조급함을 느끼는, 탐나는, 성에 안 차는 기타 등등

내 안에서 올라오는 감정은 무엇인지 위 감정 목록에서 찾아서 대상별로 써 보자. (예 : 아이, 배우자, 부모님, 친구 등)

내 안에서 올라오는 감정을 고스란히 느끼고 있는 상대는 어떤 생각을 하고 있을지 대상별로 써 보자.

당신의 시작을 응원합니다

사실 고백하자면 나도 지금 이 글을 쓰기 전까지 내가 어떤 감정 단어를 자주 사용하고 듣는지 몰랐다. 그리고 내가 쓰고 듣는 감정단어가 생각보다 한정적이라는 생각이 들었다. 한국어에는 색을 표현하는 단어가 정말 많다. 노란색을 예로 들어보자. 노리끼리, 누리끼리, 누렇다, 샛노랗다, 연노랗다 등 노란색이라는 큰 틀 안에서 세분화되어 색을 표현한다. 우리는 놀랍게도 이 색깔 단어를 들으면 그에 비슷한 색깔을 떠올린다.

감정을 표현하는 단어도 민경환 교수팀의 연구에서 알 수 있듯이 세분화되어 있다. 다만 내가 자주 쓰지 않아서 몰랐던 것뿐이었다. 감정 단어를 알아보는 김에 호기심이 생겨 쾌快의 단어 중 제일 먼저 생각난 기쁨과 행복을 어학 사전에서 검색해 봤는데 재미있는 것을 발견하였다.

- 기쁨 : 욕구가 충족되었을 때의 흐뭇하고 흡족한 마음이나 느낌.
- 행복 : 생활에서 충분한 만족과 기쁨을 느끼어 흐뭇함. 또는 그러한 상태.

기쁨과 행복에는 충족과 만족이라는 단어가 들어간다. 두 단어에는 족足이 공통으로 들어가는데, 족의 뜻에는 ① 발 ② 뿌리, 근본 ③ 산기슭 ④ 그치다 ⑤ 달리다 ⑥ 넉넉하다가 포함되어 있다. 결국 우리가 쾌快하는 상태는 뿌리, 근본이 채워지면 흐뭇한 상태가 된다고 설명해도 되지 않을까라는 생각이 들었다.

· 열받다 : 어떤 일에 화가 나거나 흥분하여 몸이 달아오르다.

· 화나다 : 성이 나서 화기火氣가 생기다.

하는 김에 불쾌不快의 단어 중 제일 먼저 생각난 '열받다'와 '화나다'를 어학사전에서 검색해 봤는데 여기서도 재미있는 것을 발견하였다. 사실 검색하면서도 이게 어학사전에서 검색이 될까 싶었는데 검색이 되어 사실 놀랐다. '열받다'와 '화나다'의 두 단어에는 화火가 공통으로 들어가는데 화의 뜻에는 ① 불 ② 타다 ③ 태우다가 포함되어 있다. 열받고 화나는 것은 내 안에 불이 생겨 나를 태우는 상태가 된다고 생각하니 한국인에게만 있다는 '화병火病'이 이해가 되었다. 내 몸이 불타고 있으니 어찌 병이 안 날 수 있을까 싶다.

'화병'이라는 단어를 검색하니 두 가지 뜻이 나온다.

첫 번째 뜻은 화병火病으로 억울한 마음을 삭이지 못하여 간의 생리기능에 장애가 와서 머리와 옆구리가 아프고 가슴이 답답하면서 잠을 잘 자지 못하는 병이고, 두 번째 뜻은 화병花瓶으로 꽃을 꽂는 병을 말한다.

이왕이면 이제 우리 마음에 불이 아닌 꽃을 꽂아보면 어떨까 라는 생각을 해본다.

내 마음에 꽃을 꽂는다면 향기나는 사람이 되어 나뿐만 아니라 주위 사람들까지 행복하게 해줄 수 있다. 오늘 나의 마음에 어떤 꽃을 꽂을지 생각해보자.

내가 이 책을 읽는 여러분에게 선물하고 싶은 꽃은 프리지아이다.

프리지아 꽃말

당신의 시작을 응원합니다.

도착했으니까 잘했어요

3년 전 12월 한겨울. 남편이 미국으로 한 달간 출장을 간 적이 있었다.

출장 전에는 아침 7시 30분 즈음,

가족 모두 집을 나와 남편 차를 탔다.

차로 5분 거리에 있는 어린이집에 두 아이를 내려주고, 나는 그곳에서 3분 거리에 있는 지하철역에서 내려 회사로 갔다.

그리고 남편은 회사까지 차를 타고 출근하는 일정으로 하루를 시작했었다.

남편의 출장이 길어지면서 10년 된 나의 장롱 면허가 너무 답답하게 느껴졌다.

예전에 내가 운전을 못하는 것은 나만 고생하면 되는 일이었지만, 이제는 차로 5분이면 따뜻하게 갈 수 있는 거리를 아이들에게 겨울의 차가운 그것도 새벽에 바람을 다 맞히며 15분을 넘게 걷게 만드는 미안한 일이었다.

부랴부랴 운전을 다시 배웠다. 안양에서 부천까지 편도 1시간 정도 걸리는 출퇴근 거리를 5일 동안 무사히 성공했다. 네비게이션 보랴, 소리 듣고 따라가랴 바빴는데 5일 동안 무사히 다니다 보니 길이 익숙해져 라디오 주파수도 돌려가며 들을 수 있는 여유가 생겼다. 라디오에서 나오는 노래도 따라 불렀다.

"자신에게 실망하지 마. 모든 걸 잘할 순 없어. 오늘보다 더 나은 내일이면 돼. 인! 생은 지금이야. 아!아! 아아아! 아!모르 파티. 따라라 따라 라라라. 아모르파티!"

따라라! 절정을 향해 가고 있는 순간,

"쾅!"

사고가 났다. 내 차의 앞범퍼 옆면과 상대방 차의 앞범퍼가 부딪혔다.

내 목숨도 중요했지만,

무엇보다 아이들을 위해 그날 이후 나는 운전에서 손을 놓게 되었다.

아이들은 가끔 나에게 묻는다.

"엄마, 이제 운전 안 해? 왜?"

나는 솔직하게 대답했다.

"응. 엄마는 운전하는 게 무서워."

아, 그런데 운전을 하다 안 하니 불편한 일이 이만저만 아니었다. 몸도

근질근질했다.

남편에게 양해를 구하고 나들이 가는 목적지까지만 내가 운전하기로 했다.

가끔 내가 운전을 하게 되면 남편은 예민해졌다.

“아니, 그냥 쭉 가.”

“어허, 깜빡이. 깜빡이.”

“깜짝이야! 또 급브레이크!”

나의 대답은 늘 한결같았다.

“아, 쫌!”

서로 투닥거리는 남편과 나의 모습을 보며 아이들은 긴장했다.

아빠가 운전을 하면 나에게 쉴새없이 노래를 부르고 게임을 하자고 졸라대는 아이들이었다. ‘언제 도착하느냐, 배가 고프다, 안전벨트를 풀고 가고 싶다.’ 등등 난리 부르스를 피우며 간다. 내가 운전대를 잡던 어느 날 민소가 아빠에게 신신당부를 했다.

“아빠, 오늘은 엄마한테 차분하게 천천히 가르쳐줘야 해요. 화내면 안 돼요.”

“아빠가 언제 엄마한테 화냈어?”

당황한 아빠는 민소한테 물었다.

“아빠 목소리가 달라지잖아요. 그건 엄마를 불안하게 하는 거예요.”

짜식, 다 컸다. 내가 할 말을 다 해주었다. 동생에게도 당부를 잊지 않았다.

"오늘은 우리가 엄마를 도와줘야 해. 너도 네가 자주 안 해본 일할 때는 긴장하지? 엄마는 오랜 만에 운전을 하는 거야. 그러니까 엄마 방해하면 안 돼."

민소는 나의 대변인 역할을 똑 부러지게 해 주었다.

1시간 정도 운전을 해서 목적지에 도착했다.

운전을 하는 내내 아이들의 목소리는 들리지 않았다.

내가 운전을 했던 또 다른 어느 날,

"로터리에서는 빠른 속도로 돌아야 해."

어김없이 남편은 으름장을 놓았다. 나의 대변인 민소는 가만있지 않았다.

"아빠! 아빠보다 엄마가 더 긴장하고 있어요. 작게 말해도 다 들려요."

아이의 목소리를 들은 건 이때뿐이었다.

10분 거리를 이동할 때도 10번 넘게 언제 도착하냐고 묻던 아이였는데, 1시간 내내 아무 소리도 들리지 않았다.

나들이 장소에 도착했다. 아이들이 너무 조용해서 '잠이 들었나?' 생각하며 고개를 돌려 뒷좌석을 쳐다보았다. 아이들은 서로의 손을 꼭 붙잡고 있었다.

서로를 마주 보다 나와 눈이 마주치니 씨익 웃었다.

"엄마! 아주 잘했어! 무서웠지? 이제 괜찮아!! 도착했으니까 잘했어!!!"

나들이를 마치고 집에 오는 길은 남편이 운전을 했다. 아이들은 언제 그랬냐는 듯이 차가 떠나가라 노래를 부르고, 게임을 하자고 조르고, 졸리다 떼쓰는 바람에 정신이 하나도 없었다. 집에 돌아와서 민소에게 물었다.

"아까 엄마 운전할 때는 조용히 잘 있더니, 아빠 운전할 때는 왜 그렇게 떠들었어?"

"엄마는 아직 운전에 자신이 없잖아. 우리가 떠들거나 아빠가 화내면 운전 안 하려고 할 것 같아서. 엄마 오늘 큰 용기 내서 운전했던 거잖아. 용기를 주고 싶었어. 엄마 이제 용기가 생겼어?"

아이의 순수한 저 질문과 반짝반짝 빛나는 동그란 눈이 더 사랑스럽게 보였다.

나에게 용기를 주기 위해 8살 인생 내내 단 한 번도 바뀌지 않았던 차 안에서의 놀이 패턴을 단번에 멈추고 엄마를 기다려 주는 고운 마음.

어디서 배운 걸까?

나는 이 아이를 위해 이렇게 온 마음 다해서 기다려 준 적이 있었을까?

"자꾸 핑계대지 말고 네가 잘해야 하는 거야."

아이만 다그쳤던 기억이 있다.

나는 너의 키를 키우고,

너는 나의 마음을 키워주는 고마운 존재구나.

내 용기가 사라지지 않도록 온 힘과 온 마음을 다해

응원해 주는 아이에게서

엄마인 나는,

오늘도 하나 배웠다.

| 제 3 장 |

알고 싶어요, 미래

새로운 직업을 찾고 싶은 그대에게

1987년 1월 17일은 아홉 살 꼬마의 인생을 송두리째 바꿔놓았다.

호기심으로 시작한 불장난은 그의 집을 전부 태워버렸고, 그의 몸은 전신 3도 화상, 병원에서는 생존 확률 0%라고 하였다.

이 꼬마는 어떻게 되었을까?

전 세계 12개 국 49개 주를 돌며 연평균 192회 강연을 소화하면서 사람들에게 희망을 전하는 스타 강연가가 되었다. 결혼 후 네 아이들과 함께 행복하게 살아가고 있는 이 이야기의 주인공은 《온 파이어》 책의 저자인 존 오리너리이다. 이 책에는 아래와 같은 구절이 나온다.

의심과 두려움을 극복한 사람은 실패도 극복한다.

창조적이고 영향력 있고 미친 듯이 흥미진진한 삶을 살고 싶다면 이제부터 당신이 가진 전부를 걸어라.

행동하고 꿈꾸고 성장해라.

성장은 살아 있음을 증명하는 유일한 근거다.

매 순간 성장하는 삶을 선택해라.

당신은 오늘 살아 있음을 어떻게 증명할 것인가?

권코치 오늘 기분을 색으로 표현한다면 어떤 색이 떠오르시나요?

소영 오늘 기분은 진한 보라색이 떠올라요.

권코치 진한 보라색이 떠오르신 이유가 있을까요?

소영 완전히 무채색은 아니고, 회색도 아닌 것 같고, 화가 나면 붉은색, 냉정해지면 파랑색이 선명하게 되는 느낌이라 찐한 보라색이 생각났어요.

권코치 빨간색보다 붉은색이라고 말씀하시니 왠지 소영님 마음이 더 강렬하게 느껴지는 것 같아요.

소영 네 맞아요. 빨간색이라기보다는 붉은색, 사실 파란색도 파란색이라기보다는 퍼런색이 지금 제 기분에 잘 어울리겠네요. 하하.

권코치 오늘 뭔가 굉장히 의미있는 대화 시간이 될 것 같아서 기대되네요. 저와 어떤 이야기를 나누면 좋을까요?

소영 이야기를 할 사람이 필요해요. 음. 그리고 직장에서 잘 적응할 수 있는 힘이나 제가 원하는 일에 도전해 볼 용기가 필요해요.

권코치 오, 그러시군요. 오늘 소영님께서는 이야기할 사람, 힘, 그리고 용기가 필요하시군요. 그럼 지금 하신 이야기를 오늘 주제에 맞게 한 문장으로 정리해 주실 수 있을까요?

소영 으음... 어렵네요. 새로운 직업을 찾는 방법을 알아보기로 하고 싶어요.

권코치 좋습니다. 새로운 직업이라고 하셨는데요, 지금 하는 일에 대해 이야기해 주실 수 있나요?

소영 저는 안정적인 직장에 다니고 있어요. 그런데 조직 문화와 팀워크가 맞지 않아 힘들어요. 그리고 젊을 때 꿈꿔왔던 것을 포기한 것에 대한 후회도 남아 있어요. 그렇지만 다시 시작할 용기가 나진 않아요.

권코치 조금 더 구체적으로 이야기해 주실 수 있나요?

소영 저는 대학에서 영화 · 드라마 편집을 전공했어요. 일은 정말 재미있었는데 직업으로 유지하기에는 불안정해서 계속 하기에는 어려움이 있었어요. 또 운이나 인맥도 중요한데 그건 노력으로 할 수 있는 부분이 아닌 것도 많아서 좌절도 많이 했어요.

권코치 그러셨군요. 어떤 일은 실력도 중요하지만 운이나 인맥이 좌우할 때가 있어서 힘들 때가 있지요. 지금 하는 일은 어떤 일이신가요?

소영 저는 문화예술 분야에서 일을 하고 있어요. 원래 지도자 자격증을 따서 강사를 하고 싶었지만 지금은 행정 업무를 하고 있어요. 5~6년 정도 일을 했지만 커리어가 안 쌓인 느낌이고, 그냥 경제적 수단으로만 다니는 것 같아서 아쉬운 마음이 있어요.

권코치 지금까지 일하시면서 가장 행복했던 기억 하나를 나누어주실 수 있나요?

소영 2009년에 제가 편집했던 작품들을 동료들이 인정해주었을 때가 기억이 나요. 그때는 정말 재미있었어요.

권코치 그때의 소영님께 현재 소영님이 이야기를 해준다면 어떤 말씀을 해주고 싶으신가요?

소영 어떤 일을 해도 편한 일은 없더라.
그러니 기왕이면 하고 싶은 일을 해.

권코치 와! 울림이 있는 말씀이네요. 감사합니다. 혹시 10년 후의 소영님께 지금의 소영님이 이야기를 해주실 수 있다면 어떤 말씀을 해주고 싶으신가요?

소영 넌 최선을 다했어. 기운 내!

권코치 맞아요. 소영님은 지금 최선을 다하고 있어요. 기운내세요!
저도 응원할게요!

권코치 현재 다니고 있는 직장의 장점을 나누어주실 수 있나요?

소영 장점은 고용이나 미래에 대한 불안 요소가 없는 안정적이라는 게 제일 커요.

권코치 그럼 단점으로는 어떤 것이 있을까요?

소영 권위적이고 이기적인 분위기가 힘들어요. 그리고 개인적인 욕망이 채워지지가 않으니까 마음이 좀 힘든 때가 있어요.

권코치 그런 부분들이 힘드신 거군요.
그럼 지금의 회사를 계속 다닐 때의 장 · 단점을 함께 이야기해 볼까요?

소영 회사를 계속 다닐 때의 장점은 일이 익숙해져서 쉬운 편이고 안정적으로 다닐 수 있어요.
단점으로는 일에 대한 성취감을 느낄 수 없고 하루살이처럼 느껴져서 힘들어요. '남들도 다 이렇게 사는 거 아닌가?'라고 생각하면서 버틸 때도 있고, 어떨 때는 '인생을 낭비하는 것은 아닌가?'라는 죄책감이 들 때도 있고, 마음이 오락가락해요.

권코치 저도 소영님과 같은 마음이 들 때가 있어서 이해해요.
혹시 주위에 소영님을 도와줄 분이 계신가요?

소영 2명이 생각나는데요. 한 명은 정신적으로 의지가 되고 마음에 위안이 되는 분인데 부서가 달라서 자주 보지는 못해요.
그리고 또 한 분은 저희 부서 팀장님이신데 부서 일에 대해 이야기를 나눌 수는 있지만, 정년퇴직이 1~2년 정도 남으셔서 그런지 그렇게 적극적으로 해결해주시는 것을 기대하기는 어렵더라고요.

권코치 혹시 부서 이동을 요청할 수도 있나요?

소영 회사 분위기 자체가 그런 거라서 그 밥에 그 나물이거든요.
그러고 싶지는 않아요.

권코치 그럼 이직을 준비할 때의 장 · 단점을 이야기해 볼까요?

소영 일단 이런 분위기에서 벗어날 수 있다는 기대를 조금 해 볼 수는 있을 것 같아요. 근데 이직을 하려면 포트폴리오를 준비해야 하는데 아이들이 어려서 지금 준비하기는 현실적으로 어려워요.

권코치 혹시 이러한 상황에서 벗어나기 위해 시도하셨던 것이 있다면 나누어주시겠어요?

소영 스트레스와 우울증 치료를 위해 병원을 다니고 있어요.
3개월 정도 다녔는데 도움이 되고 있어요.

권코치 적극적으로 해결하고자 하는 의지가 있으시니 소영님은 꼭 좋아지실 꺼라 생각해요. 저도 응원하겠습니다. 하나 더 있으실까요?

소영 체력이 좀 딸리는 느낌이라 보약을 먹고 있어요.

권코치 마음과 체력 다 잘 챙기고 계시네요. 훌륭하십니다.
혹시 하나 더 있으실까요?

소영 아니요. 그냥 이 정도인 것 같아요.

권코치 앞으로 시도하고 싶으신 건 어떤 것들이 있을까요?

소영 내 편이라고 생각되는 사람들한테 조언을 구하며 에너지를 받으면 좋을 것 같아요.

권코치 맞아요. 저도 사람에게 받는 에너지가 큰 힘이 되더라고요. 혹시 하나 더 있을까요?

소영 운동을 해서 체력을 키우면 좋을 것 같아요.

권코치 현재 보약을 드시고 계시니, 운동까지 하시면 정말 체력이 많이 좋아지실 것 같아요. 체력이 좋아지시면 어떤 점이 도움이 될까요?

소영 체력이 생기면 짜증도 좀 덜 날 것 같아요.
지금은 힘드니까 감정 조절이 안 될 때가 있거든요.

권코치 체력에 감정 조절까지 운동으로 얻을 수 있는 것이 두 개나 있네요! 좋습니다. 운동은 언제부터 하실 수 있을까요?

소영 운동은 내일부터 바로 시작해도 될 것 같아요.

권코치 운동 이외에 혹시 하나 더 시도할 수 있는 것이 있을까요?

소영 이직 준비를 하려면 틈틈이 포트폴리오도 준비해야 할 것 같아요.

권코치 포트폴리오는 언제부터 준비하시면 될까요?

소영 오늘부터 계획 세우고 조금씩 준비해도 될 것 같아요.

권코치 우와! 지금까지 포트폴리오 준비를 하지 못하셨는데, 오늘 시작하실 생각을 어떻게 하셨는지 여쭈어봐도 될까요?

소영 오늘 이야기를 하다 보니까 당장 이직을 못한다는 생각이 저를 더 힘들게 했다는 생각이 들었어요. 제가 좋아하는 일로 포트폴리오를 준비하다 보면 예전처럼 집중하면서 재미도 찾을 수 있고, 기분 전환도 될 것 같아서 좋을 것 같아요.

권코치 기분 좋아지는 생각이 드셨다니 저도 좋네요. 포트폴리오 준비도 하시면서 하나 더 시도해 볼 수 있는 것이 있을까요?

소영 회사에서 너무 잘하려고 하는 마음보다는 나에게 잘하려는 마음을 더 키워서 제 마음을 좀 단단하게 하면 도움이 될 것 같아요. 지금은 온통 회사일이 재미없고, 동료들이 별로라는 생각을 계속하니까 거기서 벗어나질 못한 것도 있는 것 같아요.

권코치 방금 말씀하신 것처럼 소영님 마음에 집중하고 잘해주시면 소영님께서 좋아하는 일들이 자연스럽게 생각나서 더 확장될 수 있을 것 같아요.
혹시 더 시도할 수 있는 것이 있을까요?

소영 이 정도면 충분한 것 같아요!

권코치 마지막으로 하고 싶은 말씀이나 새롭게 드는 생각이 있을까요?

소영 지금까지는 육아하기에 시간이 적합한 직장은 이곳이고, 경제적인 활동도 해야 하기 때문에 버텨야 한다는 생각만 하니까 마음이 답답하고 힘들기만 했어요.
그런데 오늘 대화를 하면서 근무하는 동안 이 회사의 장점들을 잘 활용하면서 포트폴리오 준비도 잘하고, 체력을 키워 이직할 수 있는 시기가 왔을 때 하면 좋겠다는 생각이 드니까 마음이 좀 편안해졌어요. '그저 버티는 게 아니라 숨고르기'라고 생각하니 지금 회사가 고맙기까지 하네요.

권코치 그렇게 말씀해주시니 저도 정말 감사하다는 생각이 들어요.
혹시 더 하고 싶은 말씀이 있을까요?

소영 아니요. 괜찮습니다. 감사합니다.

권코치 그럼 소영님께 셀프 응원 한마디하고 이 시간 마쳐도 될까요?

소영 지금까지도 너무 잘해 왔잖아. 다른 사람 눈치 보지 말고, 네가 하고 싶은 거 하면서 잘 준비해 보자. 넌 잘 될 거야! 걱정하지 마!

권코치 맞아요. 소영님! 지금까지 정말 잘해 오셨고, 앞으로 정말 잘 되실 거예요! 저도 온 마음 다해 응원하겠습니다!! 감사합니다.

"나의 열정이 이끄는 곳으로 가고 싶은데,
나를 이끄는 열정이 어딘지 모르겠어서 힘들어요."

본인의 이름을 소개할 때 ANN이 아니라 E가 끝에 들어가는 ANNE이라며 본인을 소개하는 빨간머리 앤을 만나면서 나의 인생은 180도 달라졌다.

ANNE을 만나면서 내 열정이 어디로 가고 싶은지 정확히 모르기 때문에 멈칫하고 있다는 사실을 깨달을 수 있었다.

나는 코칭을 더 심도 있게 배우고 싶어 지난해 봄 대학원에 입학하였으나 동시에 코로나가 전 세계에 퍼져나갔고 3월 개강을 했음에도 학교에 갈 수 없었다.

'대학원 수업은 고사하고 지금 사람을 만날 수가 없는데 어떻게 코칭을 하지?'라는 생각에 갈팡질팡하다 불현듯 '대면 코칭이 안 되면 비대면 코칭을 하면 되지!'라는 생각을 하게 되니 일사천리였다.

나는 온라인 맘카페에서 코칭을 원하는 사람에게 신청을 받아 전화로 코칭을 진행하기로 마음 먹었다. 신청하는 사람이 있을까 걱정했지만 그것은 기우에 불과했다. 모집 회차가 늘어날수록 초를 다툴 정도로 순식간에 마감되었다.

"모처럼 저를 주제로 대화를 하니 기분이 좋아졌어요."

코칭을 하면서 고객들에게 가장 많이 들은 말이다.

코칭을 시작할 때 나는 내가 그들의 삶에 도움을 줄 수 있는 상황에 감사하다고 생각했다.

그러나 코칭을 진행하는 횟수가 늘어나면서 그 생각이 얼마나 우매한 생각이었는지 깨달을 수 있었다. 사실은 코칭을 통해 내가 성장할 수 있었고 나의 삶이 변화했다.

나의 삶은 Before Coaching과 After Coaching으로 나눠진다.

BC의 시기에는 나를 믿지 못했고 '지금 이대로 괜찮을까?'라며 항상 안절부절했다.

그러나 AC의 시기인 지금 나는 내가 원한다면 무엇이든 할 수 있다고 믿고 힘차게 실행하고 있다. 코칭을 받으면 효과가 있는지 간혹 묻는 사람들이 있다. 코칭은 받는다고 효과가 있는 것이 아니라 코칭을 받고 본인이 실천하겠다고 마음먹은 것을 실제로 행할 때 효과가 있다. 요즘 나는 예전에 코칭대화를 함께 했던 분들에게서 종종 연락을 받는다.

"코칭 이후 불타오르는 의욕에 바빴어요. 예전에는 어떤 것을 해야할 지도 모르겠고 무기력하기만 했었는데, 지금은 하고 싶은 일이 너무 많아서 하루가 모자랄 정도예요. 정말 열심히 살고 있어요."

나도 처음부터 책을 쓰려고 했던 것은 아니였다. 1:1로 코칭을 하다 보니 내 몸은 하나인데 코칭을 필요로 하는 사람들은 점점 늘어났고 시간이 턱없이 부족했다. 시간의 제약에서 벗어나려면 어떻게 해야 할까 고민하다 코칭 사례를 묶어 책으로 나누면 많은 사람들이 볼 수 있을 것이란 생각이 들었다. 그래서 이렇게 글을 쓰고 있다. 처음부터 모든 것을 계획하고 한꺼번에 많은 것을 다할 수는 없다. 지금 시작할 수 있는 것부터 하나하나 시작해보기를 권해본다.

당신의 현재 상황이 당신이 가는 곳을 결정하는 것은 아니다.

현재 상황이 결정할 수 있는 것은 고작 당신이 어디서 시작하느냐 하는 것 뿐이다.

- 니도 쿠베인 -

오늘 시작하고 싶은 당신의 첫걸음은 어떤 것인가요?

오늘의 첫걸음이 당신을 10년, 20년 후에 어디에 데려다 줄 수 있을까요?

현재 일을 언제까지 할 수 있을지 불안한 그대에게

미래학자 토마스 프레이는 2030년이면 현존하는 직업의 47%가 사라진다고 하였다. 예전에 음식점에서 음식을 먹은 후 계산할 때 카운터에서 “맛있게 드셨어요? 다음에 또 오세요.”라고 정겹게 인사해주던 분은 점점 보기 힘들어지고 있다. 현재 내가 사는 아파트 상가에 대형마트가 생겼을 때 계산담당 직원만 4분 정도 계셨었다. 오랜만에 마트에 갔는데 직원은 한 분 계시고 셀프 계산대로 바뀌어서 당황했던 기억이 난다. 이렇게 오랜만에 마트에 가게 된 것도 사실 집에서 온라인으로 주문하면 늦어도 다음날이면 다 받을 수 있기 때문이다.

2018년 방송된 MBC 스페셜 〈10년 후의 세계–멋진 신세계와 일자리 도둑〉을 봤다. 길에서 만난 시민들에게 직업을 묻고 본인의 직업이 2030년 후에 로봇으로 대체될 확률이 몇 %인지 보여주었을 때 놀라던 사람들의 표정이 지금도 생생하게 기억난다.

당장 로봇에 대체되지 않는다고 하더라도 나는 어떤 직업을 가져야 할까? 고민하지 않으면 안 되는 시간 속에 우리가 살고 있다.

권코치 요즘 기분이 어떠신가요?

유미 3개월 전까지는 엄청 우울했는데 그 이후로는 득도한 것처럼 완만해요. 별 생각이 없어요.

권코치 그 기분에 떠오르는 색은 어떤 게 있을까요?

유미 회색이요. 완전 검은색까지는 아니지만 안개 속을 걷는 것처럼 뿌연 것 같아요.

권코치 오늘 대화를 통해 뿌연 안개가 걷히고 선명하게 보일 수 있는 계기가 될 수 있도록 최선을 다해보겠습니다.
어떤 주제로 이야기를 해보면 좋을까요?

유미 저는 자기계발이나 일에 관련된 이야기를 하고 싶었어요. 그런데 코칭 시작하기 전에 사전 설문지 쓰면서 생각해 보니 이게 다 육아랑 관련이 있는 거더라고요. 일과 육아의 비중을 어떻게 조절하면 좋을지도 이야기를 해보고 싶어요. 지금 아이가 4살이거든요.
원래 작년에 코로나만 아니었으면 어린이집에 보내려고 했었어요. 그런데 코로나 때문에 안전도 걱정되고 첫 사회생활인데 마스크도 못 벗고 종일 원에 있는 것도 신경 쓰여서 집에 데리고 있어요. 그래서 본의 아니게 저도 1년을 더 쉬게 되었어요. 그러다 보니 제가 점점 녹슬고 있는 것 같아서 녹슬지 않게 하고 싶은데 어떻게 해야 하는지 잘 모르겠어서 답답해요.
그리고 스트레스가 쌓여도 지금 코로나 때문에 나가지도 못하고 해소 방법도 없고 어렵네요. 또 제가 일을 안 하면 집안 경제상황에 바로 문제가 생겨서 계속 쉴 수도 없거든요. 아이는 바깥 놀이도 좋아하고 친구들 만나면 같이 놀고 싶어 하고 준비가 된 것 같은데 제가 불안해서 못 보내겠어요.
제가 좋아하는 공부는 돈이랑 직결도 바로 안되는 언어, 역사 이런거라 남편은 어차피 공부할 거면 저한테 공인중개사처럼 실질적으로 쓸 수 있는 자격증 공부를 하라고 해요. 그런데 저는 그런 공부는 정말 관심이 없어요. 그래도 돈 버는 일을 하긴 해야 하니까 뭘 해야 하나 싶어요.

권코치 말씀을 들어보니 고민이 많이 되실 것 같아요. 다양한 이야기를 해주셨는데요. 혹시 오늘 어떤 주제로 이야기를 하면 좋을지 한 문장으로 정리를 해주실 수 있을까요?

유미 내 삶에 경제적으로 도움도 되고 나도 재미있는 자기계발을 하고 싶다. 이렇게 하면 될까요?

권코치 그러면 정말 금상첨화겠네요. 이렇게 하기위해 유미님께서 혹시 시도하셨던 것이 있다면 이야기해 주실 수 있나요?

유미 인터넷 검색도 해보고 남편과 상의도 자주하고 자격증 종류도 살펴보고 했어요. 그런데 종류도 많고 복잡해서 잘 모르겠더라고요. 아, 그리고 요즘 상담사 같은 일을 해도 재미있을 것 같다는 생각이 들었어요. 하하.

권코치 다양한 시도들을 해보셨네요. 그런데 상담사 일이 재밌을 것 같다고 하시면서 웃으신 이유를 여쭤봐도 될까요?

유미 지금 하는 일이랑 전혀 상관도 없는데 이번에 코칭 신청하고 갑자기 든 생각이어서 말하기가 좀 그랬어요. 상담을 하려면 공부도 많이 해야 하는데 저는 나이도 많거든요. 그리고 지금 코치님이랑 대화하다 보니 코치라는 직업도 재미있을 것 같아요.

권코치 여러 분야에 관심이 많으시다는 건 좋은 거지요. 지금도 중간중간 일을 하고 계시다고 했는데 어떤 일을 하고 계시는지 여쭤봐도 될까요?

유미 저는 학원에서 영어를 가르치고 있어요.

권코치 영어 선생님이시군요. 지금 선생님 하시는 일에 코칭을 더해서 하실 수 있는 일이 어떤 게 있을까요?

유미 글쎄요. 저는 가르치는 거라서 코칭이랑 연결해서 생각해본 적은 없어요.

권코치 영어를 잘할 수 있는 방법을 알려주고 싶어 하는 사람은 누가 있을까요?

유미 아무래도 학부모님들께서도 관심이 많으시겠죠.

권코치 그분들에게 어떤 도움을 드릴 수 있을까요?

유미 영어 학습 지도 방법을 코칭해드리면 될 것 같아요.
저는 지금 영어를 가르치고 있으니까 이걸 언제까지 할 수 있을까? 계속 불안하기만 했거든요. 회사처럼 퇴직금이나 연금이 있는 것도 아니라 노후를 준비하긴 해야 하는데 걱정이 많이 되요.
코칭을 하면 지금처럼 영어를 가르치기만 할 때 보다 더 재미있게 안정적으로 오래 할 수 있겠네요. 제가 지금까지 쌓아온 경력을 다 버리고 공인중개사 공부를 경제적인 상황 때문에 어쩔 수 없이 해야한다고 생각하면 마음이 답답했거든요.
그런데 영어 학습 지도 코치가 되면 지금까지 제가 쌓아온 경력을 유지하면서 자신있게 할 수 있을 것 같아요. 어떻게 해야 하는지 수많은 사례를 봐왔으니까요.

권코치 목소리가 처음보다 상당히 밝아지셔서 다른 분과 이야기하는 것 같아요. 하하. 영어 학습 코치를 하시다 또 어떤 일들을 할 수 있을까요?

유미 글쎄요? 책을 쓰거나 요즘은 유튜브 많이 보시니까 동영상으로 올려도 될까요?

권코치 그렇지요. 그럼 유미님은 어떤 직업을 갖게 되는 걸까요?

유미 제가 작가도 될 수 있고, 유튜버도 될 수 있는 건가요. 하하.

권코치 그럼요. 유미님은 정말 무궁무진하게 하실 수 있는 일들이 많아지시겠네요. 부럽습니다.

유미 제가 계획하고 결과를 미리 유추하고 사고를 확장시키는 걸 정말 좋아하거든요. 지금 코치님과 이야기하다 보니 정말 설레고 해보고 싶은 게 갑자기 많아졌어요.

요즘 애들은 젊고 예쁜 선생님 좋아하는데 언제까지 애들을 가르칠 수 있을까? 걱정만 하고 있었는데 지금 이야기 하다 보니 제가 익숙한 방식에서 벗어나질 못한 거 같아요.

이렇게 다양한 방법들이 많은데 왜 이렇게 아무것도 몰랐지요?

몇 년 동안 너무 아이만 보고 있었나 봐요. 하하.

권코치 아이를 본 것도 굉장히 좋은 경력이 되실 수 있어요. 아이 영어 공부 학습 방법을 코칭받고 싶어 하는 부모님 세대가 어떤 분들일까요?

유미 아무래도 영어를 처음 접하는 아이들이나 학년이 높아지는 아이들 학부모님들이시겠지요?

권코치 그렇지요. 유미님께서는 지금 아이를 키우고 계시니까 그 아이와 영어 공부하시는 것들을 커리큘럼으로 구성해서 사람들한테 보여주면 어떨까요?

유미 사람들이 아무래도 더 신뢰할 수 있을 것 같아요.

제 아이를 키우면서 실제로 해보는 것들이니까요.

권코치 그렇죠! 지금 유미님은 애만 보고 계셨던 것이 아니라 굉장한 경쟁력을 키우고 계시는 거지요.

유미 어머 정말 그러네요. 가끔 제가 학부모님들 상담하다 보면 저한테 결혼은 했는지, 아이는 있는지 물어보시는 분들도 있어요.
아무래도 본인들과 공통된 경험을 가지고 있다고 하면 더 믿어주시고 친근하게 생각하시는 부분들이 있는 것 같아요.

권코치 그랬군요! 유미님은 정말 잠재력이 무궁무진하세요.

유미 요즘은 설레거나 뭘 해보고 싶다거나 그런 생각을 해본 적이 없는데 오늘 코칭 마치고 나면 해보고 싶고 찾아보고 싶은 게 너무 많아져서 지금 정말 신이 나요. 너무 감사해요.

권코치 유미님께서 신난다고 하시니 저도 정말 좋네요.
오늘 코칭을 이렇게 마무리하려고 하는데 혹시 궁금하시거나 나누고 싶은 이야기가 있으실까요?

유미 오늘 코칭을 시작하기 전까지 제가 아이를 키우면서 경력 단절 여성이 될 수도 있다는 생각이 들어서 두려운 마음이 크게 있었거든요. 그런데 오늘 이야기를 하면서 내가 가지고 있는 장점들이 많다는 걸 알게 되어 정말 좋았어요.
새로운 자격증이나 생소한 분야는 사실 육아 때문에 시간을 충분히 내기 어려워서 망설여지기만 했거든요. 그런데 제 경력이 새로운 일을 하는데 다 활용이 된다고 하니까 정말 의욕이 넘쳐서 오늘 흥분해서 이야기를 한 것 같아요. 정말 감사합니다.

권코치 저한테 감사 안 하셔도 되요. 유미님께 원래 다 있었던 건데요.
도움이 되었다고 해주시니 제가 더 감사합니다.

유미 제가 진짜 일 진행하면서 중간중간 연락드릴게요.
뭐가 되든 해보고 꼭 연락드릴게요. 감사합니다.

권코치 저도 진심으로 응원하면서 유미님 연락 기다리고 있겠습니다.
감사합니다.

결혼 10년차 우리 부부는 신혼 때부터 지금까지 큰 소리를 내며 다투는 경우가 거의 없다.

삶을 대하는 태도가 비슷하기 때문에 어지간한 일에는 싸울 일이 없는데 집에 큰 소리가 난다면 이유는 단 하나다. 바로 정리! 정리 때문이다.

열 맞춰 정리하는 것을 좋아하는 남편과 되는 대로 사는 나는 평소 괜찮다가도 남편의 한계점이 임박하면 그 날은 큰 소리가 나는 날이다.

"제발 좀 치우고 살자! 응? 제발 좀!!"

나도 할 말은 많다.

“내 눈에는 괜찮은데 그렇게 눈에 거슬리면 자기가 치우든가. 애 키우는 집이 이만하면 깨끗하지. 얼마나 더 깨끗해야 해!”

둘째가 태어나고 얼마 지나지 않아 정리로 인해 큰 소리가 한 번 더 난 후 우리가 찾아간 곳은 법원이 아니라 수납 정리 전문가 컨설턴트 과정이었다.

“누구 말이 맞나 보자”며 열성적으로 공부하고 정리컨설턴트 자격증을 취득했다. 우리 부부가 같이 온 이유를 들은 다른 수강생들이 깔깔 웃었지만 우리에게 정리에 대한 생각의 차이는 ‘같이 사네 못 사네’를 결정할 만큼 심각한 문제였다.

매 주말마다 4회에 걸쳐 오전 9시부터 저녁 6시까지 수업을 들었다.

이때 나는 모유 수유 중이라 유축기를 가지고 다녔다. 점심 시간에는 휴게실에서 땅땅하게 부은 가슴을 달래며 유축을 하였다.

자격증을 취득했지만 크게 달라지는 건 없었다. 그러나 지금 우리 집에는 큰 소리가 나지는 않는다. 비법은 두 가지이다.

첫 아이 출산 후 우리는 단 한 번도 둘만의 외출을 해본 적이 없었다. 둘째 출산 후 처음으로 아이를 친정에 맡기고 둘만의 시간을 보낸 것이다. 온전히 서로에게 집중할 수 있어 삐딱했던 마음들을 내려놓을 수 있었다. 환경 정리에 앞서 마음 정리가 된 것이다.

두 번째 비법은 내 습관 하나를 바꾼 것이다. 요즘 나는 매일 저녁 큰 쇼핑백을 집안 곳곳 가지고 다니며 널부러져 있는 것은 종류에 상관없이 다 담는다. 그리고 작은방 한 구석에 놔두고정확히는 남편 눈에 안 보이게 숨겨두고 시간이 있을 때 하나씩 꺼내어 정리한다. 먼저 아이들, 남편, 내 용품으로 분류한 다음 아이들 용품은 큰애, 작은애 물건으로 나누고 아이들에게 제자리에 가져다 두라고 말한다. 내 물건과 남편 물건은 화장대, 옷장, 화장실 각각의 장소에 가져다 둔다. 내가 좀 부지런할 때는 하루 만에 정리가 되기도 하고, 게으를 때는 큰 쇼핑백이 3~4개 쌓이기도 한다. 그때 그 때 치우지 왜 사서 고생하는 거냐고 묻는다면 딱히 할 말이 없다. 그냥 나에게 잘 맞는 방법이라는 것, 그것이 이유라면 이유다.

내가 집을 정리하는 방식이 '마인드맵'과 비슷한데 한국말로 하면 생각지도이다. 마음속에 지도를 그리듯이 큰 주제 하나를 정해 놓고 가지를 뻗어 정리하는 방법이다.

생각 지도를 작성하는 방법은 아래와 같다.

① A4용지를 가로로 놓는다.

② 가운데 중심 주제를 그림 또는 글씨로 쓴다.

③ 주제를 기준으로 주제와 관련있는 키워드를 가지로 뻗어나가게 한다.

④ 각각의 가지에서 관련있는 주제로 가지를 한 번 더 뻗어나가게 한다.

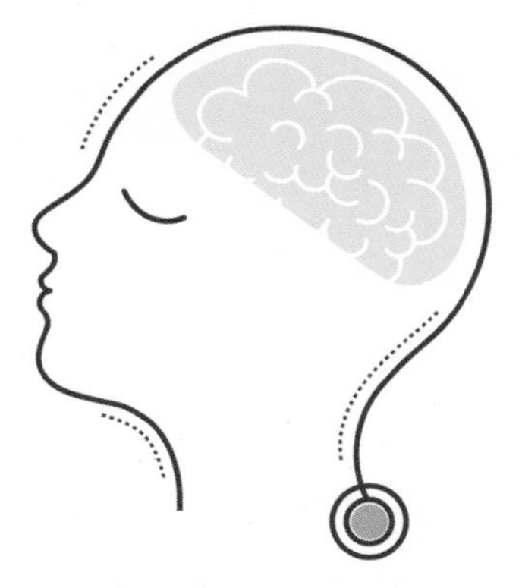

그림을 그리거나 색상을 사용하면
뇌에 시각적인 자극을 주게 되어
더욱 강렬하게 인식시킬 수 있다고 한다.
이 모든 과정이 번거롭다면
그냥 가운데 고민거리 주제를 적고
그것과 관련있는 것을 가지치기 하듯
쭉쭉 써 내려가면 된다.

그러면 머릿속에 있던 생각들이 내 눈앞에 펼쳐지고,
이것은 내가 앞으로 나아가야 할 생각 지도가 되는 것이다.

결정해야 할 일이 있는데 정리는 안 되고 추상적인 생각만 많을 때는 일단 한군데로 모아서 하나씩 다시 분류해 보자.
아래 표를 참고해서 해보거나, 요즘은 핸드폰 어플에 '마인드맵'이라고 검색하면 많이 나오니 그중 하나를 선택해서 해도 좋다.

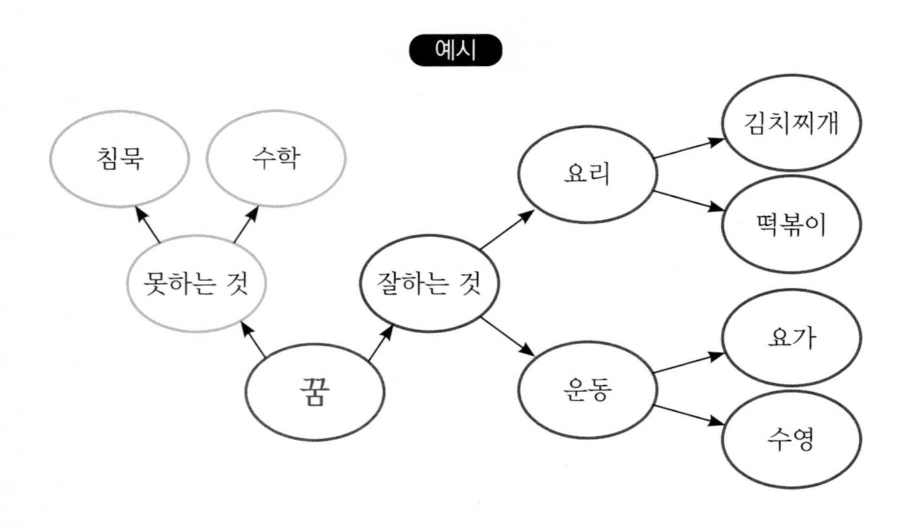

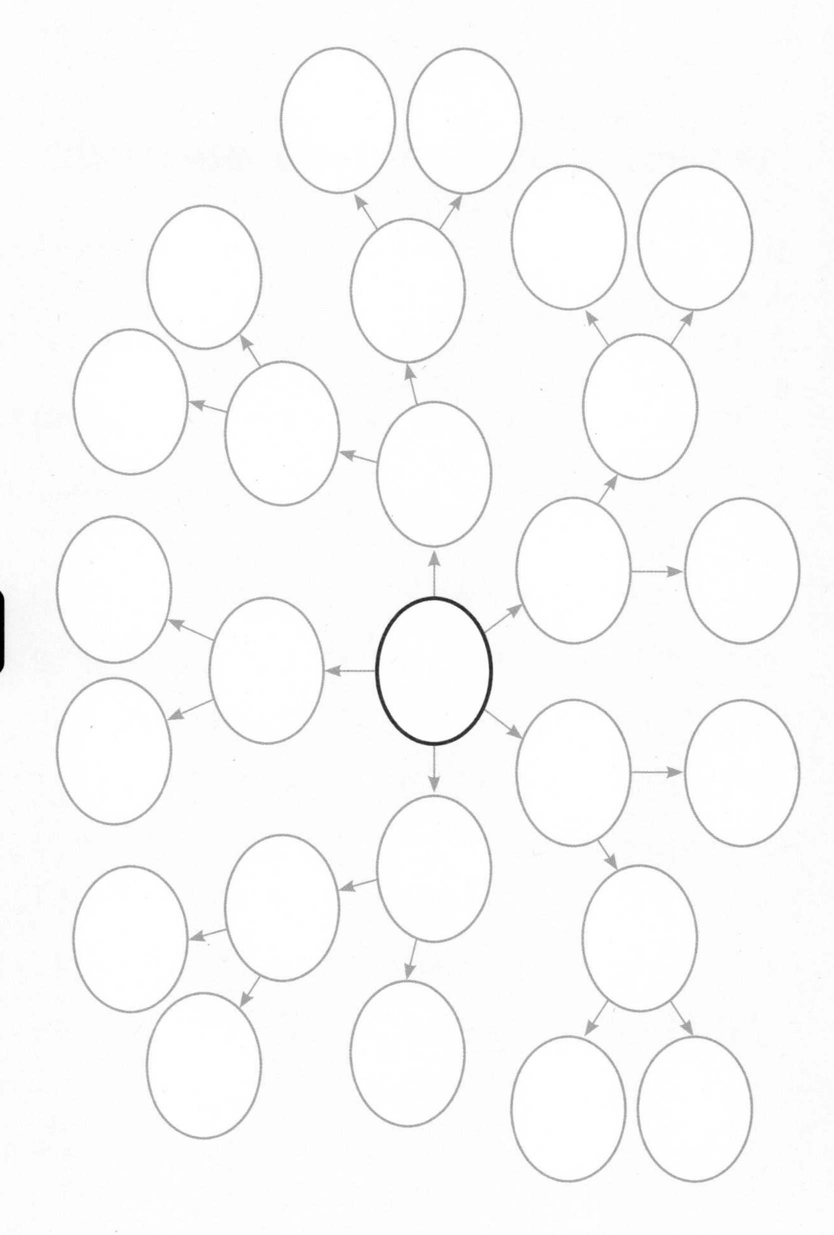

내가 좋아하는 일을 자신감 있게 시작하고 싶은 그대에게

"성공하는 사람들은 미래로부터 역산해서 현재의 행동을 결정한다."

- 간다 마사노리 -

20대 초반 인도로 배낭 여행을 떠나기로 마음을 먹었을 때가 생각난다. 그때 제일 먼저 한 일은 3개월 후 출국 날짜를 정하고 환불이 불가한 가장 저렴한 항공권 구매였다. 출국과 귀국 날짜가 정해지자 일사천리였다.

두 달간 어떤 시간을 보낼지 일정도 짜고, 보름 전에 비자 발급, 예방주사도 맞았다. '인도에 여행가고 싶다.' 생각만 할 때는 '나 영어도 잘 못하는데, 혼자 국내 여행도 해본 적이 없는데'라며 여행을 가고 싶지만 가지 못하는 수천 가지의 이유를 나열했다. 이런 핑계로 차일피일 미루며 나아가지 않던 진도가 항공권 구매와 동시에 착착 진행되었다. 명확한 목표가 눈에 선명히 보일 때 우리가 일을 추진하는 원동력이 생기는 걸 가장 강력하게 경험한 순간이었다(사실 이때 내 눈에 보이는 것은 인도에 도착해 행복한 내 모습이 아니라 그날 떠나지 않으면 그 당시 아르바이트로 모은 피 같은 100만 원이 넘는 내 돈을 날린다는 생각이었다는 것을 거의 15년이 지난 지금에야 고백해 본다).

권코치 오늘 기분은 어떠신가요?

수희 편안하고 차분해요.

권코치 수희님께서 편안하다고 하시니 저도 마음이 편안해지네요.
요즘 기분을 색으로 표현하면 어떤 색일까요?

수희 연한초록이 떠올라요. 요즘 산을 많이 봐서 그런가 평화로워요.
그렇다고 초록처럼 너무 진하지도 않고 딱 좋은 느낌이에요.

권코치 오늘 수희님의 편안한 기분이 유지되게 하려면 어떤 대화를 하면 좋을까요?

수희 저는 제가 좋아하는 일을 자신감을 가지고 시작하고 싶어요.

권코치 자신감을 갖는다는 건 어떤 의미가 있는지요?

수희 자신감이라는 건 확신을 갖는다는 것 같아요.

권코치 확신을 가지려면 어떻게 해야 할까요?

수희 나에 대해 아는 게 많아지면 확신이 생기려나요?

권코치 저는 필요한 물건이 있을 때 먼저 브랜드별로 어떤 장 · 단점이 있는지 알아봐요. 똑같은 제품이라도 브랜드에 따라 내세우는 것이 다르니까요. 수희님은 어떠세요?

수희 맞아요. 저도 필요한 게 있을 땐 인터넷에서 후기도 찾아보고 사람들한테 물어보기도 해요. 그리고 저한테 적합한 것을 사요.

권코치 저랑 비슷하시네요. 물건 하나를 살 때도 꼼꼼히 알아보고 사는데 사람은 더 그렇지 않을까요?

수희 오! 아무래도 그렇지요.

권코치 스스로에 대한 확신을 가지려면 지금 무엇을 하면 좋을까요?

수희 저에 대해 알아봐야겠네요.

권코치 그럼 이제 수희님에 대해 알아볼까요? 어떤 분이신가요?

수희 저요? 음. 저는 불나방 기질을 가진 사람이에요.
뭐 하나에 꽂히면 일단 도전하고 달려들어요.
저는 결과 지향 주의자이기도 해요. 꽂히면 주변이 안 보여요.

권코치 우와! 뭐 하나에 꽂히면 주변이 안 보인다. 정말 멋진 분이시네요. 혹시 어떤 것에 꽂혔었는지 나눠주실 수 있나요?

수희 저는 글 쓰는 걸 좋아해요. 우연히 3년 전부터 글을 쓰기 시작했는데 재미있더라고요.

권코치 글 쓰는 걸 좋아하시는 군요. 글을 쓰시면서 어떤 변화들이 있으셨나요?

수희 출간 계약은 16권 정도 했고 출간된 책은 7권 있어요.
작가라는 직업을 가지게 되었고 그 책을 기반으로 강의 의뢰하는 분들이 계셔서 부모 교육 강사로도 일을 하고 있어요.

권코치 이야, 굉장하시네요! 저는 책 1권 쓰고 싶다 생각하는 동안 강산이 한번 바뀌었는데 3년 동안 7권이라니 정말 대단하시네요. 그 원동력은 어디서 오는 건가요?

수희 글쎄요. 저는 글 쓰는 시간이 정말 재미있었거든요. 그냥 쓰다 보니 그렇게 됐어요. 특별히 힘을 많이 들이거나 그러지는 않았어요. 물론 힘들 때도 있었지만 글을 쓰면서 얻는 기쁨이 훨씬 커서 계속 할 수 있었던 것 같아요.

권코치 정말 부럽고 대단하시네요. 이렇게 불나방같이 저돌적인 수희님께서 좋아하는 일을 자신감을 갖고 하고 싶다고 하시니 어떤 일을 새로 시작하고 싶으신지 정말 궁금하네요.

수희 저는 이제 책 쓰기 컨설턴트를 해보고 싶어요.

권코치 책 쓰기 컨설턴트! 너무 좋네요. 그 생각을 하게 된 계기를 나눠주실 수 있나요?

수희 제가 글을 쓰다 보니 생각도 정리가 잘 되고 자신감도 많이 생기는 걸 느꼈거든요. 지금 코로나가 심해서 다른 분들은 외출이 자유롭지 못하다 보니 스트레스를 많이 받는다고 하더라고요. 그래서 그런 분들한테 글쓰기의 기쁨도 알려드리고 싶어요.
또 제가 책을 여러 권 출간하다 보니 지인들이 책은 도대체 어떻게 쓰는 거냐고 알려 달라고 하더라고요. 그런데 한 분씩 생각나는 대로 알려드리는 것보다 커리큘럼을 구성해서 알려드리면 효율적일 것 같아서 해보고 싶다는 생각이 들었어요.

권코치 혹시 책 쓰기 컨설턴트가 되기 위해서 하셨던 시도가 있을까요?

수희 일단은 저도 3년 전에 사부님께 책 쓰기를 배웠거든요.
아무래도 동종업계에서 일을 같이 하게 되는 거니 책 쓰기 컨설턴트를 하려고 한다고 말씀을 드렸어요.

권코치 말씀을 드리시고 어떠셨나요?

수희 아직 답변을 못 들었어요.
그래서 고민이 되는 게 있는 것 같기도 해요.

권코치 사부님께서 답변을 안 주시는 것이 어떤 고민을 하게 하는지요?

수희 동종업계에서 일하는 것을 사부님께서 별로 안 좋아하실 것 같기도 해서 걱정이 돼요.

권코치 사부님께서 안 좋아하시면 일하시는 데 어떤 일이 생기죠?

수희 글쎄요. 아무일도 안 생기지만 그냥 마음이 무거워요.

권코치 마음이 무거운 건 어떤 것 때문인지요?

수희 음. 저는 모든 사람들과 잘 지내고 싶다는 관계에 대한 욕심이 있는 것 같아요.

권코치 그러면 사부님께서 답장을 안 주시거나 하지 말라고 하시면 안 하실 생각도 있는 건가요?

수희 하긴 하겠지만 이왕이면 격려 받고 시작하면 더 좋을 것 같아요.

권코치 사부님께서 답변을 아직 안 주신 것은 어떤 이유 때문일까요?

수희 워낙 바쁘신 분이라 그럴 수도 있고, 여러 이유가 있으실 것 같아요.

권코치 혹시 답변을 받기 위해 시도를 하신 게 있을까요?

수희 아니요. 그냥 기다리고 있어요.

권코치 그냥 기다리시기만 하는 건 어떤 것 때문일까요?

수희 거절하실까봐? 관계가 끊어질까봐? 잘 모르겠네요.

권코치 그럼 어떤 시도를 하실 수 있을까요?

수희 다시 연락드리고 여쭤보면 될 것 같아요.

권코치 좋아요! 어떻게 다시 연락드릴 생각을 하셨나요?

수희 지금 이야기하다 보니 계속 이렇게 기다리고 있을 수는 없을 것 같아요. 저는 일을 시작할 거니까요!

권코치 언제쯤 연락을 다시 드릴 예정이신가요?

수희 오늘 다시 한번 드려볼게요.

권코치 좋아요. 어떤 마음으로 연락을 드리면 될까요?

수희 사부님께서 어떤 생각을 하고 계시는 건지 제가 지레짐작해서 겁먹지 말고 차분히 여쭤보면 되지 않을까요?
어떤 말씀을 해주셔도 그건 그때 생각하면 될 것 같아요.

권코치 좋아요! 혹시 제 도움이 필요하시면 말씀하세요!
제가 든든히 응원해 드릴게요!

권코치 수희님이 책 쓰기 컨설턴트가 되기 위해 하신 다른 시도가 또 있을까요?

수희 책 쓰기 컨설턴트들이 쓴 책도 찾아보고 인터넷에서 커리큘럼도 보고 있어요.

권코치 그렇게 하시는 건 어떤 이유 때문인가요?

수희 다른 사람들이 일하는 방법을 보면 제가 어떻게 시작해야 할지 감을 잡을 수 있으니까요.

권코치 그럴 수 있겠네요. 혹시 또 다른 시도를 해보신 것이 있을까요?

수희 책 쓰기 컨설턴트를 하려면 비용을 받고 일을 해야 하는데 돈에 대해서 말하는 게 좀 어렵다는 생각이 들어요.

권코치 구체적으로 조금만 더 이야기해 주실 수 있나요?

수희 사람들이 저에게 '글 쓰는 게 재밌어서 하는 거라며? 글 쓰는 재미를 알려주고 싶다면서 왜 돈을 받아?'라고 하면 어떻게 말해야 할지 모르겠어요.

권코치 책 쓰기 컨설턴트가 되고 싶은 것은 무엇 때문인지 다시 말씀해 주실 수 있나요?

수희 제 책을 쓰는 것에서 다른 사람들이 글을 쓰는 것을 돕는 영역까지 확장하고 싶어요.
제 최종목표는 엄마비전스쿨을 만들어서 엄마들을 응원하는 일들을 하고 싶거든요. 그렇게 하려면 자금이 필요하고요.

권코치 우와, 훌륭하시네요! 책 쓰기 컨설턴트가 도착 지점이 아니라 경유 지점이군요! 딱 저렇게 말씀을 하시면 사람들이 어떤 반응을 보이실 것 같으세요?

수희 네가 그런 꿈을 꾸고 있는지 몰랐다고, 넌 할 수 있을 거라고 응원해줄 것 같아요.

권코치 맞아요. 저도 방금 수희님께서 말씀하실 때 힘 있는 목소리에서 확신이 들었어요. 정말 대단해요.

권코치 또 다른 시도를 해보고 싶으신 게 있으신가요?

수희 이제 다른 사람이 하는 거 그만 보고 제 커리큘럼을 빨리 만들어서 오픈해 보고 싶다는 생각이 들었어요.

권코치 커리큘럼을 만들어서 오픈하셨다는 것을 많은 분들이 알 수 있게 하는 방법은 어떤 것이 있을까요?

수희 그러게요. 아직 오픈 소식을 이야기할 곳이 없네요.
블로그나 인스타를 해보면 좋을 것 같아요.

권코치 언제부터 하면 좋을까요?

수희 커리큘럼 만들어지면 바로 시작해야 할 것 같아요.

권코치 커리큘럼은 언제까지 완성할 수 있을까요?

수희 대략적인 것은 생각을 해놔서 이번 주까지 하면 될 것 같아요.

권코치 커리큘럼 저도 기대하고 있겠습니다.
제가 작가님의 1호 문하생이 되고 싶습니다.

수희 아, 정말요?

권코치 네! 저도 정말 책이 쓰고 싶어요. 잘 부탁드립니다.

수희 저도 잘 부탁드립니다.

권코치 수희님, 이렇게 코칭을 마무리하려고 하는데 더 말씀하고 싶은 부분이나 질문이 있으신가요?

수희 제가 미리 걱정만 하느라 시작을 못하고 있었던 것 같아요.
지금은 제가 하려는 일만 집중해서 하면 잘 할 수 있을 거라는 생각이 들었어요. 그리고 제가 책 쓰기 컨설턴트가 최종 목표가 아니고 엄마비전스쿨을 만들어 엄마들이 꿈을 찾아갈 수 있도록 돕는 역할을 하고 싶은 사람이라는 것도 정확히 깨닫게 되었어요.
정말 감사합니다.

권코치 수희님의 비전을 들으니 저까지 설레고 기대되네요.
저도 정말 감사합니다.

지난 해 6월, 우연히 제목에 이끌려 읽게 된 책이 있었다.
《엄마인 당신이 작가가 되었으면 좋겠습니다》라는 책이었다.
'어? 내 바람인데?'

나는 엄마고 작가가 되었으면 좋겠다는 생각을 10년도 넘게 했다. 그런데 딱 내 꿈의 책 제목이라니 이 책을 읽으면 어쩌면 내가 작가가 될 수도 있을 것 같다는 생각이 들었다. 단숨에 책을 읽어 내려갔고 서평을 블로그에 남겼다.

내가 서평을 올린 다음날, 닉네임 '우와'님께서 댓글을 남겨주었다.

'독자님, 안녕하세요? 저자, 백미정이라고 합니다. 실망스럽다로 끝나면 어쩌나 걱정하며 읽어내려 갔는데, 진심 가득한, 꿈 가득한 서평 남겨 주셔서 감사합니다. 글과 함께 행복하시길, 두 손 모아 바랍니다. 예비 작가님.'

누가 보고 있지도 않은데 혼자 창피해서 얼굴이 달아올랐다.

작가가 되고 싶단 생각만 했지 글은 한 편도 안 쓰는 나보고 예비 작가님이라니!

처음에는 '풉' 하고 웃음이 났다. 그리고 이내 씁쓸하단 생각이 들었다.

'언젠간 나도 책을 쓰겠지.'라는 생각을 하면서 쓰지는 않고 생각만 하고 있을 테니까. 나는 그런 생각이라도 하는 내가 기특하다며 스스로 위안하며 살고 있겠지.

나는 내 꿈을 바람에 흘려보낼 것을 누구보다 잘 알고 있었다.

그렇게 '작가님이 댓글을 남겨주셨네? 신기하다'라는 생각을 한 채 한 달이 지난 어느 날, 내가 살고 있는 시에서 주최한 청년 대상 프로그램 공모전에서 2등을 했다는 전화를 받았다. 고등학교 졸업 이후 상을 받아본 적이 언제인지도 까마득한데 상이라니. 열심히 하긴 했지만 2등이라니 그냥 얼떨떨했다.

"제가 2등이라고요? 정말요? 시상식에 참석하라고요?"

우와! 이게 몇 십 년 만에 내 입에서 뱉어보는 2등? 시상식? 그런데 전화를 끊고 갑자기 나를 예비 작가님이라고 불러준 백 작가님이 생각났다. 급하게 블로그에 들어가 내 서평에 달린 댓글의 닉네임 '우와'를 눌러서 댓글을 달았다.

'작가님, 조언을 구하고 싶은데 혹시 연락을 어떤 방법으로 드리면 될까요?'

7월 16일 오후 3시 9분에 남긴 글에

'안녕하세요? 010-4*98-**** 제 번호입니다. 지금 통화 괜찮으시면 연락 주셔도 됩니다.'

정확히 2분 뒤 3시 11분에 답글이 달렸다.

망설일 생각도 없이 전화번호를 꾹꾹 눌렀다.

"여보세요."

"안녕하세요. 작가님, 블로그로 방금 연락처 여쭤본 권세연이라고 합니다."

"네, 안녕하세요."

"작가님, 지금 통화 가능하신가요?"

"네, 말씀하세요."

세상 어떤 햇빛보다 따스한 작가님과의 첫 대화가 시작되었다.

무언가에 홀린 듯 이 세상 사람과의 통화가 아니라 조금 보태자면 동굴 안에 갇힌 나에게 희망의 빛이 비추는 것만 같았다.

이 통화를 시작으로 우리는 서로가 가진 결핍을 채워 줄 수 있음에 감사하며 급속히 친해졌고 단단히 묶일 수 있었다. 나는 내가 할 수 있는 코칭을 통해 그녀가 그녀의 꿈에 가까이 갈 수 있도록, 그녀는 그녀가 가진 글 쓰는 재능을 나눠주며 내가 나의 꿈에 가까이 갈 수 있도록 서로를 밀고 당겼다.

그녀의 꿈에 관한 코칭이 이루어진 것은 8월 말이었고 글쓰기와 관련해 소소한 재능 기부를 하던 그녀는, 10월 초 첫 유료 교육생을 받으며 책 쓰기 컨설턴트의 닻을 올렸다. 그녀의 사부님께서도 그녀의 첫발을 열렬히 응원해주었다(답장이 늦었던 것은 그저 바쁘셨기 때문이었다). 첫 교육생이 생겼을 때 우리가 전화기를 붙잡고 얼마나 흥분의 소리를 질렀는지 모른다. 그 후 나는 수 개월간의 글쓰기 후 출판사에 투고를 하였다. 꿈처럼 꽤 여러 곳에서 출판 제의를 받을 수 있었다. 투고한 지 3일 째 되던 날, 출판사를 결정해 2021년 1월 말 출간 계약을 할 수 있었다. 내가 계약한 출판사는 운명처럼 그녀와 나를 이어준 《엄마인 당신이 작가가 되었으면 좋겠습니다》라는 책을 출판한 곳이다. 짜고 친다고 하더라도 어쩜 이런 기막힌 인연이 있나 싶을 정도이다. 계약을 한 날 나와 그녀는 흥분을 감출 수 없었다. 내가 그녀의 첫 고객에 광분에 가까운 흥분을 하는 것도, 그녀가 나의 출판 계약소식에 열렬한 박수를 보내는 것도, 서로가 그 일을 얼마나 간절히 원했는지 알고 있었기에 있는 힘껏 서로를 도왔기 때문이다.

이때만 해도 우리에게는 소위 비빌 언덕이 없었다. 우리를 도울 사람은 오직 우리 둘뿐이었기에 서로의 꿈이 흩날려 사라지지 않도록 간절히 응원했다. 그러나 지금 저 때와 달라진 것은 그녀와 나의 주변에 우리의 꿈을 응원하는 사람들이 많아졌다는 것이다. 방법은 간단하다. 그녀와 나는 사람들에게 꿈을 말하고 다녔기 때문이다. 그녀는 '엄마 작가 메이커'라는 멋진 닉네임으로 일을 시작한 지 3개월 만에 벌써 4명의 예비 작가가 출판사와 계약하도록 작가의 꿈을 가진 엄마들을 이끌어주었다. 이 3개월 안에는 예비 독자들이 글을 쓰는 시간까지 포함된 것이니 정말 입이 떡 벌어지는 놀라운 일이다. 내가 그녀에게 손을 내밀고 그녀가 내 손을 잡고 서로가 솔직하게 꿈을 전하지 않았다면 가능한 일이었을까? 아무리 생각해도 불가능했으리라 생각한다.

《연금술사》라는 책에서 '자네가 무언가를 간절히 원할 때 온 우주는 자네의 소망이 실현되도록 도와준다네.'라는 글귀를 본 적이 있다. 나는 지금까지 그녀를 실제로 만난 적이 없다. 실제로 만나지 않고도 이렇게 서로의 꿈을 강력하게 지지해줄 수 있는 동반자를 만날 수 있었던 것은 정말 온 우주가 나를 돕고 있기 때문이 아닐까라는 생각을 해본다. 그리고 문득 나의 꿈을 이루도록 이렇게 강력히 지지하는 '백미정'이라는 작가가 실제로 존재하는 사람이 맞긴 할까? 라는 엉뚱한 상상을 해본다. 실제로 존재하는 사람이라면 어떻게 나를 이렇게 아무 조건 없이 무한대로 응원하고 지지할 수 있지? 가끔은 내가 뭐에 홀린 것 같기도 하다.

그녀 말로는 아들이 셋이라던데, 경북 영주에 산다던데 정말 실제로 존재하는 사람이긴 할까? 만나면 당연히 더 좋겠지만 굳이 만나지 않아도 이미 그녀는 내 가까이에 있는 느낌이 강력하다. 그래서 조바심을 내지 않아도 마음이 편안하다. 그리고 실존 인물이라는 증거로 나와 연락하는 단 몇 개월 동안 2권의 책을 더 출간한 그녀이다. 만일 지금 방구석 1열에서 쓰고 있는 이 책이 세상으로 나온다면 그녀의 끊임없는 격려와 조언 덕분이라는 것을 나는 온 세상에 알리고 그녀에게 뜨거운 감사와 사랑을 전하고 싶다.

산, 강, 그리고 도시만을 생각한다면 세상은 공허한 곳이지만,
비록 멀리 떨어져 있어도 우리와 같이 생각하고 느끼는 그 누군가가 있다는 사실을 알면
지구는 사람이 사는 정원이 될 것이다.

- 괴테 -

당신은 지금 어떤 꿈을 꾸고 있나요?

당신의 꿈을 응원하는 사람은 누구인가요?

이제 당신의 꿈이 이루어진 모습을 구체적으로 상상해 보아요.
어떤 옷을 입고, 어디서 누구와 어떤 이야기를 어떤 기분으로 나누고 있나요?

상상 속의 나를 만나보니 어땠나요?
이제 꿈을 위해 출발할 준비가 되었나요?

꿈을 향해 달려가는 나에게 응원의 한 마디를 찐하게 남겨주세요.

목표를 설계하고 싶은 그대에게

과거로 돌아가서 시작을 바꿀 수는 없다.

하지만 지금부터 시작하여 미래의 결과를 바꿀 수는 있다.

- C.S 루이스 -

권코치 오늘 어떤 기분이신가요?

미선 우울하고 걱정도 많이 돼요. 막막하다는 생각만 계속 들어요.

권코치 혹시 어떤 것 때문에 그런지 말씀해 주실 수 있을까요?

미선 내가 잘하는 게 뭔지도 모르겠고, 미래를 어떻게 준비해야 할 지도 모르겠어요.

권코치 맞아요. 저도 그럴 때가 있어서 미선님의 말씀에 너무 공감이 되네요. 미선님께서 생각하시는 미래를 준비하려면 어떤 것을 제일 먼저 하면 좋을까요?

미선 음. 글쎄요. 일단 목표가 정해지면 그걸 계획 세워서 하면 될 것 같기도 하네요.

권코치 목표를 세우면 미선님의 삶에 어떤 변화가 생길까요?

미선 목표를 생각해 두면 하고 싶은 게 생긴 거니까 포기하지 않고 열심히 할 수 있을 것 같아요. 결국 성취할 것이고 그러면 뿌듯할 것 같아요.

권코치 혹시 지금 목표로 세워서 하고 싶으신 게 있으실까요?

미선 아니요. 딱히 뭘 하고 싶은 건 없어요. 이게 어려워요.

권코치 혹시 예전에 목표를 세워서 어떤 것을 해보신 경험이 있으신가요?

미선 예전에 학교 다닐 때 시험 잘 보려고 계획 세워서 공부했던 거? 이런 것도 목표인가요?

권코치 그럼요! 시험을 잘보기 위한 계획을 세워서 공부를 단계별로 하신 거니까 목표에 따른 시행이지요. 혹시 목표를 세우고 시험 공부할 때와 그렇지 않을 때 차이가 있었나요?

미선 공부를 시작하기 전에는 뭘 해야 할지 모르겠어서 막막했어요.
그런데 계획을 세우고 공부하다 보면 내가 뭘 모르는지 알게 되니까 시간 분배도 할 수 있고 벼락치기 안 하고 충분히 그 시간을 즐기면서 할 수 있었던 것 같아요.

권코치 지금처럼 미래를 위해 뭘 해야 할지 아예 감이 안 올 때는 어떻게 하면 좋을까요?

미선 일단 지금 할 일을 정리하면 될 것 같아요.
오늘 자기 전에 내일 할 일을 미리 적다가 아무 할 일이 없으면 뭐라도 적게 될 것 같아요.

권코치 지금 내일 할 일을 적어둔다면 어떤 것을 적어두고 싶으신가요?

미선 빨래는 오전에 돌리기, 책 1쪽 이상 읽기, 공복에 물 한 잔 마시기, 운동 10분. 이렇게 적어두고 싶어요. 호호. 너무 소소한가요?

권코치 소소하다니요! 바다도 강물이 모인 거고 강물은 시냇물이 모인 거고 시냇물도 빗방울 하나하나 모인 거잖아요.
미선님의 하루가 모이면 일주일, 한 달, 분기, 1년, 5년, 10년.
평생 이렇게 어마어마 해지지 않을까요? 어떠신가요?

미선 맞아요. 그런 것 같아요!

권코치 내일 계획한 것을 다 이루셨을 때는 기분이 어떠실 것 같으세요?

미선 너무 소소해서 웃길 것 같아요. 그래도 좋을 것 같아요.
매일매일이 똑같았는데 뭔가를 내가 하기로 하고 하루를 시작해본 적이 오래 되서 그 자체로 재미있을 것 같아요.

권코치 미선님께서 재미있을 것 같다고 하니 저도 좋네요.
목표가 소소해서 웃길 것 같다고 하셨는데 미래를 준비하고 목표를 정하는 이유는 어떤 것 때문인가요?

미선 아무래도 미래를 불안해 하지 않고 안정되고 행복하게 맞이하고 싶기 때문인 것 같아요.

권코치 목표가 소소하면 덜 행복할까요?

미선 그건 아닌 것 같아요. 이렇게 작은 성공들이 모이다 보면 행복할 것 같다는 생각이 들어요.

권코치 와! 작은 성공들이 모인다. 정말 좋은 표현인데요. 미선님께서 작은 성공을 계속 이루어나갈 수 있도록 하려면 어떤 방법이 있을까요?

미선 작은 계획이라도 다 했을 때는 저를 칭찬해 주고 하루이틀 못하더라도 좌절하지 말고 다시 하면서 장기적으로 할 수 있도록 제 의식을 좀 개선하면 좋을 것 같아요.

권코치 장기적으로 하려면 어떤 시도를 하면 좋을까요?

미선 일단 저에 대해 좀 알아보는 시간을 가지면 좋을 것 같다는 생각이 들었어요.

권코치 미선님에 대해 알아보기 위해서는 어떤 걸 해볼 수 있을까요?

미선 진로검사나 성격검사 MBTI 같은 걸 해보면 좋을 것 같아요.

권코치 검사를 생각하신 이유가 있을까요?

미선 저런 검사를 해보면 미쳐 알지 못했던 저의 모습을 알 수 있어서 힌트를 얻으면 목표를 정하는데 도움을 받을 수 있을 것 같아요.

권코치 이야, 좋네요! 객관적인 검사는 언제 해볼 수 있을까요?

미선 오늘 코칭 끝나면 바로 찾아보고 해보면 좋을 것 같아요.

권코치 또 시도해볼 수 있는 것이 있을까요?

미선 일단은 위에 이야기한 정도만 해도 충분할 것 같아요.

권코치 미선님께서 오늘 미래를 준비하기 위해서 목표를 세우고 싶다고 하셨었는데요. 오늘 대화를 통해 알게 되신 거나 궁금하신 게 있으신가요?

미선 저는 목표라고 하면 크고 화려한 걸 해야 한다고 생각했었거든요. 그러니까 아예 목표를 세울 생각 자체를 못하기도 하고 안 하기도 했었어요. 그런데 작은 것부터 시작해봐야 할 것 같다는 생각이 들었어요.

권코치 작은 것부터 시작하면 어떤 변화가 생길까요?

미선 일단 책 1쪽 읽기라고 쓰긴 했지만 1쪽 읽다 보면 뒤에 내용 궁금해서 더 볼 것 같아요. 그러다 보면 책 한 권은 읽을 수 있을 것 같아요. 운동도 10분이라고 했지만 하다 보면 더 할 수도 있을 것 같아요. 좀 익숙해지면 일주일에 책 1권 읽기, 한 달에 3킬로그램 빼기 이런 식으로 목표도 세워보고 싶어요.
진로 검사해서 추천해 주는 직업 있으면 그거에 맞춰서 공부도 해보고 싶어요.

권코치 우와! 목표가 없다고 하셨었는데 한꺼번에 무리하시는거 아닌가요?

미선 하하! 그러게요.

권코치 한 달 후 미선님이 오늘 말씀하신 것을 지속하고 있을 때는 어떤 기분일까요?

미선 한 달하면 제가 뭘 하고 싶은지는 찾을 수 있을 듯 해요.
그럼 그때 그걸 위해 무엇을 해야 할지 구체적으로 계획을 세울 수 있지 않을까요? 그럼 설레는 기분을 가지고 있을 것 같아요.

권코치 네, 저도 미선님과 한 달 후 설레는 마음으로 꼭 만나고 싶습니다. 오늘 대화를 이렇게 마무리하려고 하는데 혹시 더 하고 싶은 말씀이나 궁금하신 부분이 있으신가요?

미선 아니요. 충분합니다. 감사합니다!

권코치 저도 감사합니다!

"엄마, 이제 4일만 더 하면 이 문제집 끝나요."

"우와, 벌써? 1권을 다 풀었어?"

민소는 초등학교 1학년이 되면서 매일 수학과 국어 문제집을 정해진 분량만큼 풀고 있다. 민소가 풀어놓은 문제집을 보니 벌써 10권이 넘는다. 나는 민소가 문제집을 다 풀어갈 때쯤이면 새 문제집 한 권을 슬쩍 옆에 꽂아둔다. 그리고 새 문제집 맨 앞을 펼쳐 하루에 몇 쪽씩 하면 되는지 한 번 쑥 훑어본다. 그리고 마감 예상일을 민소가 달력에 동그랗게 표시하게 한다. 매일 끝날 때마다 달력에 표시해 마감일과 얼마나 가까워졌는지 민소가 언제든 한눈에 확인할 수 있는 위치에 둔다.

요즘은 문제집마다 하루 분량으로 다 나누어져 있어 내가 따로 계획을 세워주지 않아도 약 한 달이면 문제집 한 권이 끝난다. 민소는 문제집 한 권을 풀어야 한다고 말하면 "싫어. 싫어"라고 강하게 거부하지만 하루에 2쪽을 푸는 거라고 말하면 순순히 푼다.

그리고 문제집 한 권을 다 풀면 아빠와 엄마 동생 모두가 과자 파티를 하고 칭찬샤워를 듬뿍 해주며 주인공으로 우뚝 세워준다. 그럼 옆에 있던 도원이도 '나도 문제집 풀거야."라고 난리가 난다.

과자와 칭찬으로 시작된 우리 집 막둥이 도원이의 '문제집 풀기' 목표도 순항하기를.

명확한 목적이 있는 사람은 가장 험난한 길에서조차도 앞으로 나아가고,
아무런 목적이 없는 사람은 가장 순탄한 길에서조차도 앞으로 나아가지 못한다.

- 토마스 카알라일 -

내가 이루고 싶은 작은 목표는 무엇인가요?

언제까지 이룰 것인지 구체적으로 기간과 횟수를 명시해 주세요.

성취를 이룬다면 누구에게 축하를 받고 싶은가요?

성취를 이루고 나서 주변 사람들이 축하한다며, 소감을 묻는다면 뭐라고 말하시겠어요?

N잡러가 되고 싶은 그대에게

서울시와 여성능력개발원은 만 20~59세 서울 근무 · 거주자 여성 1,247명을 대상으로 직업 생활을 조사했다. 결과는 2021년 2월 3일 연합뉴스에 보도되었다. 자신이 'N잡러(2개 이상의 직업을 가진 사람)'라고 생각한다는 비율은 55.3%로 690명이었다.

그중 43.2%는 '일자리 한 개로는 생활비가 부족해서', '안정적 수입이 보장되는 일자리를 구하기 어려워서', '하고 싶은 일로는 수입이 안정적이지 않아서' 여러 가지 직업을 가지게 되었다고 답했다. 32.1%는 생활비 이외의 여유 자금 마련을 이유로 들었다. '생계형 N잡러'와 합하면 75.3%가 경제적 이유로 여러 직업을 가졌다고 답한 셈이다. 24.7%는 '원하는 시간에 원하는 만큼 일할 수 있어서'와 같은 자아실현형 대답을 골랐다. N잡러를 하는 이유는 20대는 여유 자금 마련이 37.9%로 가장 높았고, 30 · 40대는 자아실현 32.8%, 50대는 생계 51.3%로 나이대별로 조금씩 달랐다.

아이를 키우고 있으니 엄마.

대학원에 다니고 있으니 학생.

회사에 다니고 있으니 회사원.

글을 쓰고 있으니 작가.

코칭을 하고 있으니 코치.

어?! 나도 N잡러네?!

권코치 요즘 기분이 어떠신가요?

혜정 요즘은 힘들고 자고 싶다는 생각이 제일 많이 들고 초조하기도 해요.

권코치 여러 가지 감정들이 복합적으로 들어서 힘드실 것 같아요. 어떤 것들이 우리 혜정님을 초조하게 하고 힘들게 하는 지 여쭤봐도 될까요?

혜정 현재 직업을 유지하면서 다른 일을 해야 할 것 같은데 어떻게 해야 할지 잘 모르겠어요. 그런데 하기는 해야 할 것 같고 앞으로 나아갈 수 있는 원동력을 찾고 싶어요.

권코치 그럴 때 정말 힘들지요. 오늘 원동력을 같이 찾을 수 있는 시간이 되었으면 좋겠습니다!

권코치 지금 저와 나눌 대화 주제를 한 문장으로 정리해 주실 수 있을까요?

혜정 내가 가지고 있는 재능으로 일을 하나 더해서 경제적으로 이윤을 내고 싶다. 이렇게 하면 될까요?

권코치 네! 좋아요! 혜정님께 일을 통해 경제적으로 이윤이 나는 것은 어떤 의미가 있나요?

혜정 경제적 이윤이 생긴다는 것은 내가 일을 하는 만큼 금전적 보상이 이뤄지는 것이니까 성취감도 생기고 동기부여도 될 수 있을 것 같아요. 또 내가 일을 해내는 만큼 결과를 볼 수 있으니까 하는 일에 대해 만족감과 자부심이 생기기도 해요.

권코치 와! 동기부여, 성취감, 만족감, 자부심, 경제적 이윤까지 일을 통해 얻는 이로운 점이 정말 많네요. 혜정님께서 현재 일을 유지하면서 다른 일을 하나 더 하고 싶다고 하셨는데요.
혹시 현재 어떤 일을 하고 계신지 여쭤봐도 될까요?

혜정 저는 현재 아이들 집에 방문해서 공부를 지도하고 있어요.

권코치 어쩐지!!! 목소리가 차분하시고 아나운서 같다고 생각했어요.

혜정 하하. 그런가요? 감사합니다.

권코치 현재 일을 하시면서 새로운 일을 하나 더 하고 싶다는 생각이 든 계기가 있을까요?

혜정 아무래도 코로나 때문에 학생도 저도 서로 조심해야 할 부분이 있으니 걱정이 되거든요. 또 제가 어린 아이 둘을 키우고 있어요. 주위에 육아를 도와줄 분도 안 계시다 보니 이렇게 방문을 하면서 일을 하기에는 시간도 많이 걸리고 체력적으로도 힘이 들어서 언제까지 이 일을 할 수 있을까 고민이 되요.

권코치 아무래도 그렇죠. 혜정님 현재 일을 하시면서 새로 하고 싶은 일을 생각해 둔 일이 있을까요?

혜정 아직 그걸 정하지 못했어요.

권코치 혜정님께서 가지고 계신 재능으로 일을 하고 싶다고 하셨는데요.
혹시 과거에 혜정님께서 가지고 계신 재능으로 사람들에게 도움을 주셨던 경험이 있으시면 나눠주시겠어요?

혜정 2년 전에 인터넷 지역 맘 카페 분들에게 앙금케익 만들기를 재능기부로 알려드린 적이 있어요.

권코치 와! 대단하시네요. 저도 관심 있어서 수업 받으려고 했는데 꽤 비싸던데요. 어떻게 재능기부할 생각을 하셨나요?

혜정 카페에 가끔 글을 올렸는데 물어보시는 분들이 간혹 계셔서 동네 분들이니까 돈을 받기는 그래서 재료비만 받고 알려드리게 됐어요.

권코치 그 동네 분들 정말 좋으셨겠어요. 부럽습니다. 저도 혜정님과 같은 동네에 살고 싶네요.

혜정 이사오시면 알려드릴게요. 오세요!

권코치 그럴까요? 하하. 그런데 2년 전이라고 하셨는데, 지금은 안 하시는 이유가 있을까요?

혜정 처음에는 정말 순수한 마음으로 제가 아는 걸 나눠드리는 거였는데, 재능기부를 몇 번 하다 보니 이 걸 안 좋게 보시는 분들이 계시더라고요.
'정말 재능기부 맞으면 재료비 영수증을 공개해라.', '본인은 더 저렴하게 할 수 있으니 본인에게 배우라.'는 글 등등 정말 제가 상상도 못한 이야기를 하시더라고요. 처음엔 영수증 공개도 하고 제가 할 수 있는 건 다 했어요. 그런데 문득 재능기부인데 이렇게까지 할 일 인가 싶어서 그만하게 됐어요.

권코치 많이 당황하셨겠어요. 세상에는 정말 다양한 사람들이 있네요. 만일 지금 2년 전으로 돌아간다면 혜정님에게 해주고 싶은 말씀이 있으신가요?

혜정 좋은 마음으로 시작한 거였는데 많이 당황했지?
그래도 너에게 그런 말들을 한 사람보다 고마워하는 사람들이 훨씬 많다는 거 알지? 여러 사람 신경 쓰지 말고 네가 하고 싶은 거 하면서 잘 지내면 그걸로 충분해. 힘내!

권코치 맞아요. 혜정님께 고마워하는 분들이 더 많으셨을 거예요.
저는 듣기만 해도 부러운걸요. 그런데 앙금케익 만드는 일을 사업으로 안 하시고 재능기부로 하신 이유가 있으셨을까요?

혜정 그때는 사업을 어떻게 하는지도 잘 몰랐고 경험을 먼저 해보고 싶다는 생각이 들었던 것 같아요.
그런데 좋지 않은 이야기들이 들리니 그만 하고 싶더라고요.
그래서 어영부영 그만하게 된 거 같아요.

권코치 어떻게 하면 사업이 어영부영 안 되고 확실히 진행할 수 있을까요?

혜정 그때는 제가 '저 일을 사업화해야겠다.'라는 명확한 목표나 확신이 없던 것 같아요. 그런데 지금은 제가 일을 하나 더 해야 한다는 생각이 명확하고 저런 말들에 일일이 대응하는 것이 아니라 제가 할 일만 딱 정해서 잘하면 될 거라는 생각이 들어요.

권코치 '딱 할 일만 정해서 잘하면 된다.' 너무 좋은 표현이네요.
저도 배워야겠어요. 지금 딱 할 일만 정해서 잘하고 싶은 일은 어떤 것이 있으신가요?

혜정 딱 정해서 하고 싶은 일은 요즘 제가 유튜브 채널을 생각하고 있어요.

권코치 유튜브 채널을 생각하신 계기가 있을까요?

혜정 제가 블로그를 하고 있는데 기록 남기는 것도 재미있고, 또 그 안에서 수익이 크지는 않지만 생기고 있어서 관심이 생겼어요.
유튜브도 기록하고 남기는 거니까 연관성이 있기도 하고 시간에 크게 구애를 받지 않고 할 수 있을 것 같아요.

권코치 유튜브를 시작하기 위해 시도하신 것이 있을까요?

혜정 그냥 그걸 해야겠다고 생각한 정도예요.

권코치 그렇죠! 사실 무슨 사업을 해야 할지 정하는 게 가장 어려운 거니까 제일 큰 산을 넘으신 거 같아요. 이제 우리가 산골짜기를 넘어가야 할 텐데 어떤 것을 제일 먼저 하면 좋을까요?

혜정 일단 어떤 콘텐츠를 해야 할지 정해야 할 것 같아요.

권코치 혹시 생각한 콘텐츠가 있을까요?

혜정 아이들 대상으로 아동요리교실 같은 거를 해도 재미있을 것 같아요.

권코치 아동요리교실을 생각하신 계기가 있을까요?

혜정 아이들이 유튜브 보는 걸 좋아하는데 엄마들은 아이들이 유투브를 의미없이 보고 있는 건 싫어하시니까 그 절충안을 생각해 봤어요. 엄마가 재료 준비를 해주고 아이들이 유튜브 보면서 요리를 해볼 수 있게 하면 엄마도 아이도 만족할 수 있을 거 같아서요.

권코치 좋네요! 저희 아이들도 요리하는 거 좋아해요!
그럼 이제 어떤 것을 하셔야 하나요?

혜정 동영상 편집을 배워야 할 것 같아요.

권코치 편집은 어떻게 배우실지 생각해 두신 게 있을까요?

혜정 요즘 유튜브에도 공부할 수 있는 자료들이 많이 있으니 보고 공부하면 될 것 같아요.

권코치 언제부터 시작하실 예정이신가요?

혜정 내일부터 하면 될 것 같아요.

권코치 실행력이 대단하시네요. 내일 언제 하면 될까요?

혜정 아이들 재우고 매일 밤 10시 이후에 공부할 수 있어요.

권코치 밤 10시! 열정이 정말 대단하시네요.
그럼 동영상 편집 공부하는 기간을 어느 정도로 잡으면 될까요?

혜정 아직 시작해 보지 않아서 자세히는 모르겠지만 2주 정도만 해보고 바로 시작해 보고 싶어요. 너무 길게 잡으면 늘어질 것 같아요.

권코치 2주 정도 후에 혜정님은 어떤 모습일까요?

혜정 콘텐츠 하나 올려 놓고 제가 제일 많이 보면서 혼자 좋아하고 있을 것 같아요.

권코치 저도 혜정님께서 운영하시는 유튜브 구독 · 좋아요! 누를게요!
링크 꼭 알려주세요. 시작이 반이라고 했으니 좋은 결과 있으시도록 응원하겠습니다.

권코치 유튜브를 전문적으로 시작하시면서 가장 신경써야 하는 부분은 어떤 것이 있을까요?

혜정 제가 콘텐츠를 올리면 바로 불특정 다수에게 공개되는 거니까 사람들이 하는 말 하나하나에 귀 기울여야 하긴 하겠지만, 너무 스트레스를 받지 않게 잘해야 할 것 같다는 생각이 들어요.
그만큼 신중하게 최선을 다해서 작업해야겠다는 생각이 들었어요.

권코치 혜정님께서 정성스럽게 만드시는 콘텐츠가 어떤 느낌일지 정말 기대돼요.
오늘 코칭 대화를 이렇게 마무리하려고 하는데요.
궁금하신 내용이나 더 나누고 싶은 말씀이 있으신가요?

혜정 '그냥 해야지. 해야지.' 생각만 몇달 째 하다 오늘 제가 유튜브를 시작하려면 어떤 마음으로 해야 하는지 알게 돼서 좋았어요.
그리고 제가 은연중에 뭘 걱정하고 있었는지도 알게 돼서 잘 대비할 수 있는 용기가 생긴 것 같아요. 감사합니다.

권코치 혜정님께서 잘 대비하고 시작할 용기가 생겼다고 하시니 저도 정말 감사하네요. 고맙습니다.

혜정 코치님, 제가 유튜브 개설하고 꼭 연락드릴게요.
오늘 진심으로 감사합니다.

"저는 프로그램을 할 때 '자신있다'는 생각으로 한 적은 없지만
'어떤 결과가 되든 책임을 지겠다.'라는 생각으로 최선을 다합니다."

2020년 MBC 〈놀면 뭐하니?〉라는 예능 프로그램에서 트로트 가수 유산슬을 시작으로 유두래곤, 지미 유, 유DJ, 뽕디스파뤼 등 다양한 부캐로 활동한 유재석이 열다섯 번째 연예대상을 수상하고 말한 소감이다.

개그맨이 본업인 유재석은 트로트가수, 라디오 DJ, 치킨집 사장, 라면집 사장 등 다양한 부캐를 소화해 냈다. 그리고 그 캐릭터에 책임지는 자세를 끊임없이 보여주며 시청자와 소통했고 공감을 이끌어냈다. 이제 부캐는 연예인뿐만 아니라 일반인들에게서도 쉽게 찾아볼 수 있다. '부캐'라는 단어와 비슷한 말로 요즘 신조어 중에 'N잡러'라는 말이 있다. 'N잡러'란 2개 이상 복수를 뜻하는 'N'과 직업을 뜻하는 'JOB', 사람을 뜻하는 '~러(er)'가 합쳐진 신조어로 '여러 직업을 가진 사람'이란 뜻이다.

시청자들에게 웃음을 주기 위한 캐릭터로 부캐를 활용하는 연예인과 다르게 일반인은 새로운 직업을 추가하는 이유가 여유 자금 마련, 자아 실현, 생계 등 다양하다. 이유가 다양하더라도 '어떤 결과가 되든 책임을 지겠다'는 마음으로 현재 일에 안주하지 않고 새로운 것에 도전한다면 머지 않아 그들이 원하는 목표 지점에 다다를 수 있을 것이라는 생각이 든다.

나는 대리석을 보았을 때 천사를 보았고 그를 풀어줄 때까지 조각을 하였다.

- 미켈란젤로 -

당신은 한번에 한 가지 일에 집중하는 스타일인가요?
아니면 동시에 여러가지를 하는 스타일인가요?

그렇게 하는 좋은 이유가 있다면 그것은 무엇인가요?

좋아하는 일 3가지, 잘하는 일 3가지 적어주세요.

위에 적은 일 중 당장 시작할 수 있는 일은 어떤 것이 있나요?

좋아하는 노래는 '넬라 판타지아'

이어폰을 끼고 노래를 듣고 있었다.

내가 평소에 좋아하는 노래가 나왔다.

옆에서 온라인 수업을 듣고 있던 민소한테 물었다.

"민소야, 이 노래 너무 좋지?"

아이는 전혀 공감하지 못하겠다는 표정으로

"모르겠는데?"

나와 같은 기분을 느끼지 못하는 아이에게 실망했지만,

'그래. 내가 너한테 뭘 바라니, 네가 아직은 꼬마지 뭐.'

라는 생각을 숨기고 애써 담담한 표정으로

"그렇구나. 엄마는 이 노래가 너무 좋아서 민소는 어떤지 물어봤어."

아이는 정말 황당하다는 표정으로

"아니. 엄마! 이어폰으로 노래를 혼자 들으면서 나한테 좋은지 물어보면 어떻게 해!"

“아, 그렇구나! 엄마가 노래를 혼자 듣고 있었구나. 같이 들어볼래?”

노래에 너무 심취해서 내가 이어폰으로 노래를 혼자 듣고 있다는 사실을 잊었던 것이다.

나는 양 볼이 후끈 달아오른 채 서둘러 노트북에서 이어폰을 빼고 스피커로 같이 들어보았다.

아이가 그제야 밝게 웃으며

“엄마, 이 노래 진짜 좋다.”

나와 같은 기분을 공유하는 아이의 밝은 표정에 내 기분도 좋아졌다.

한참 노래를 듣던 아이는

“엄마! 내가 좋아하는 노래도 있는데 한번 같이 들어볼래?”

나는 지금 이 좋은 기분 그대로 노래를 계속 듣고 싶었지만, 아이가 어떤 노래를 추천해 주는지 궁금하기도 해서 그러자고 했다.

아이는 유튜브에서 ‘조용한’이라고 검색했고 그림들을 보면서 화면을 내리던 아이는 놀랍게도 내가 지난 여름 아침식사 할 때 자주 듣던 노래 모음을 골랐다.

너무 신기해서 어떻게 이 노래를 골랐냐고 물으니

"엄마가 자주 듣는 노래잖아. 좋아하니까 자주 듣는 거 아닌가?"
라고 무심하게 말하고는 자기 할일을 하였다.

그렇게 아이와 나는 아이가 골라준 내가 좋아하는 노래 '넬라 판타지아'를 들으며 평화로운 시간을 이어갔다.

Nella Fantasia

(In My Fantasy 환상 속에서)

나의 환상 속에서 난 올바른 세상이 보입니다

그 곳에선 누구나 평화롭고 정직하게 살아갑니다

난 영혼이 늘 자유롭기를 꿈꿉니다

저기 떠다니는 구름처럼요

영혼 깊이 인간애 가득한 그 곳

나의 환상 속에서 난 밝은 세상이 보입니다

그 곳은 밤에도 어둡지 않습니다

난 영혼이 늘 자유롭기를 꿈꿉니다

저기 떠다니는 구름처럼요

만일 내가 아이에게 이 노래 좋지? 라고 물어보고 아이가 모르겠다고 했을 때 '내가 너한테 뭘 바라겠니? 말을 말자. 말어.'라고 생각하고 지나갔더라면 어땠을까 상상하니 아찔하다.

일상생활에서도 내 생각을 꺼내서 말하지 않으면 다른 사람들은 내가 어떤 생각을 하는지 알지 못한다.

어쩌면 내가 화가 난 상태라고 알려주지 않은 채 왜 내 기분을 알아주지 않는 거냐며 상대방에게 화를 내고 서운해 하지는 않았나 라는 생각이 스쳐갔다.

이제부터 조금 더 친절한 나 설명서를 알려주어야겠다.

그럼 내가 상상도 못하는 환상적인 곳으로 함께 갈 수도 있을 거라는 생각이 든다.

상대가 내 말을 제대로 듣지 못했다면

그것은 상대의 잘못이 아니라

제대로 전달하지 못한 나의 잘못이다.

‘당신이 사랑하는 사람 중에 당신이 포함되어 있습니까?’

| 제 4 장 |

만들고 싶어요, 행복

아이의 이야기에 경청하는 엄마가 되고 싶은 그대에게

'공명통'이라는 단어를 들어본 적이 있는가? 공명통은 주로 현악기나 타악기에서 소리를 크고 맑게 내게 하기 위한 몸통 부분을 말한다. 속을 비워 내 울림 구멍으로 만든 것이다. 그러면 사람에게서 소리를 맑게 내게 하려면 어떻게 해야 할까? 《경청》이라는 책에서는 사람의 공명통을 마음이라고 한다. 먼저 판단하려는 선입견, 고집 등을 접어두고 텅 빈 마음으로 상대방이 하는 말을 있는 그대로 들어주고, 존중하며 이해하는 비워져 있는 상태의 마음 말이다. 텅 빈 마음, 바른 마음을 가질 때만이 진정 들을 수 있고 볼 수 있고 진실의 입이 열린다.

내 마음에도 아름다운 소리를 들을 수 있는 공명통이 있을까?

권코치 오늘 저랑 어떤 주제로 이야기를 나누면 좋을까요?

윤희 저는 워킹맘이라서 시간이 늘 부족해요. 아이와 일 사이에서 밸런스를 맞추는 방법을 이야기하고 싶어요.

권코치 조금만 더 구체적으로 이야기 나눠 주시겠어요?

윤희 아이의 감정을 잘 알아차리고 지지해 주는 엄마가 되고 싶어요.

권코치 말씀하신 엄마는 구체적으로 어떤 엄마인지 이야기해 주실 수 있나요?

윤희 아이와 눈을 잘 마주치고 경청을 잘 해주는 엄마일 것 같아요.

권코치 윤희님은 잘 경청해 주는 엄마인가요?

윤희 아, 저요? 아이가 초등학교 4학년인데 게임이나 유튜브에서 본 이야기만 계속하고 사소한 일 하나하나 전부 물어봐서 듣고 싶지 않아요.

권코치 아이가 사소한 일 하나하나를 다 물어보는 것은 어떤 이유가 있을까요?

윤희 네? 생각해본 적 없는데 저랑 이야기를 많이 하고 싶어서 그런 걸까요?

권코치 아이에게 물어 보면 답을 들을 수 있지 않을까요?

윤희 하하. 그러네요.

권코치 혹시 어린 시절 윤희님의 부모님은 어떤 부모님이셨는지 말씀해 주실 수 있나요?

윤희 부모님은 맞벌이를 하셔서 정말 바쁘셨어요.
제가 세 자매 중 막내딸이었는데 대부분의 일은 혼자서도 잘 했어요.
부모님께 관심받고 싶어서 공부도 엄청 열심히 했어요.
아빠는 바쁘시기도 했지만 무뚝뚝하셔서 정서적인 교류가 거의 없었어요. 그나마 엄마랑은 주방에서 식사 준비하거나 설거지 도와드리면서 이야기를 많이 했어요. 그게 다였어요.
저는 거의 모든 일을 혼자 해냈어요. 그런데 아이는 아주 오래된 과거의 일도 전부 기억하고 그걸 자꾸 저한테 이야기하고 고집도 세서 힘들어요.

권코치 그런 아이를 위해 노력하신 부분이 혹시 있다면 이야기해 주실 수 있나요?

윤희 저는 좀 합리적인 성격이고 어떤 일을 오래 기억하는 성격이 아니라 아이를 이해해 보려고 노력하고 있어요.

권코치 조금 더 구체적으로 말씀해 주실 수 있나요?

윤희 최근에 아이 상담 센터에 2번 다녀왔어요.
앞으로도 6개월 정도 다닐 생각이에요.

권코치 워킹맘이라서 많이 바쁘다고 하셨는데 아이를 위하는 윤희님의 따뜻한 마음이 느껴지네요. 정말 대단하세요.

윤희 고맙습니다!

권코치 앞으로 더 시도해 보고 싶은 일이 있으신가요?

윤희 엄마 역할에 대해 공부를 더해야겠다는 생각이 들어요.

권코치 와, 엄마 역할 공부 멋지네요! 윤희님께서는 아이의 감정을 잘 알아차리고 지지해 주기 위해서 눈 마주치고 경청하는 엄마가 좋은 엄마라고 하셨는데요. 지금 하고 계시거나 노력하신다고 약속한 부분과 비교했을 때 어떠신가요?

윤희 정작 아이랑 눈 마주치고 이야기하는 시간이 없네요. 몰랐어요.
아이는 항상 징징거리고 유치한 이야기를 계속하고 힘들다고 말하고 저는 제가 그걸 들었으니까 우린 대화를 잘 하고 있다고 생각했어요.

권코치 어떻게 하면 대화를 잘 할 수 있을까요?

윤희 잘 모르겠어요. 코치님, 어떻게 하면 대화를 잘 할 수 있을까요?

권코치 제 의견을 나눠드려도 될까요?

윤희 네, 듣고 싶어요.

권코치 윤희님께서 말씀해 주신 것처럼 아이와 눈을 마주치고 아이가 말하지 않는 것까지 들으려고 노력하는 모습을 보여주는 것!
그것이 대화인 것 같아요. 아이와 언제 대화를 하면 이상적인 대화를 할 수 있을까요?

윤희 식사 시간이나 식사를 마치고 '우리 대화하자'라고 정확히 이야기를 하고 시작하면 될 것 같아요.

권코치 좋아요. 정확히 '대화시간'이라고 알려주고 대화를 하면 지금까지와는 어떻게 다를까요?

윤희 아이도 저와 마주쳤을 때 생각나는 대로 아무 이야기나 하는 게 아니고, 대화 시간에 어떤 이야기를 하면 좋을지 생각해 보고 올 수 있어서 좋을 것 같아요.
저도 무방비 상태에서 이야기를 건성으로 듣는 것이 아니라 들을 준비를 하고 들으니 조금 더 집중해서 이야기를 들을 수 있을 것 같아요.

권코치 이야기할 준비와 들을 준비를 하고 대화를 한다니 어떤 시간이 될지 저도 기대되네요. 혹시 더 노력할 수 있는 부분이 있을까요?

윤희 스킨십을 많이 해주려고 노력해야 할 것 같아요.

권코치 그렇게 생각하신 이유가 있나요?

윤희 제가 둘째 아이를 안아줄 때 첫째 아이가 '나도 좀 저렇게 따뜻하게 안아주지'라는 표정으로 바라보다 지나가는 일이 생각났어요.
말로 하는 대화도 중요하지만 스킨십을 하면서 아이와의 유대 관계를 좀 높이는 것도 중요하단 생각이 들었어요.

권코치 유대 관계를 높인다! 좋은데요? 혹시 더 이야기하고 싶은 부분이 있을까요?

윤희 아니요. 괜찮아요. 충분해요.

권코치 오늘 윤희님께서 말씀하신 아이의 감정을 잘 알아차리고 지지해주는 엄마가 되고 싶다는 목표에 대해서 나누어봤는데요, 실천하기로 하신 것 중에서 기억나는 게 있나요?

윤희 대화하는 시간을 정해서 아이에게 집중해서 대화하기. 스킨십을 많이 해주려고 노력하기였어요.

권코치 언제부터 시작할 수 있을까요?

윤희 오늘은 늦었으니 자고 내일 일어나면 바로 할 수 있을 것 같아요.

권코치 더하고 싶은 이야기나 코칭을 통해 새롭게 알게 된 사실이 있을까요?

윤희 그동안 저는 아이와 항상 대화를 하고 있다고 생각했었어요.
그런데 오늘 이야기를 해보니까 아이는 제가 들어주지 않으니 기회가 있을 때마다 생각나는 대로 아무 이야기나 뒤죽박죽하는 거였어요. 저는 그게 힘들었던 것 같아요.
이제는 저도 들을 준비를 하고 아이와 '진짜 대화'를 나누어야겠다는 생각이 들어 좋았어요. 그동안 첫째가 저를 왜 그렇게 슬픈 눈으로 바라봤는지도 알게 됐어요. 스킨십을 많이 늘려서 사랑 표현을 해줘야 겠어요.

권코치 내일부터 아이와 즐거운 대화를 잘 하실 수 있을 거라고 믿습니다.
오늘 코칭 시간을 이렇게 마무리해도 될까요?

윤희 네, 좋아요. 감사합니다.

똑.똑.

"왜?"

"엄마, 지금 샤워하고 머리 말리고 나올 거예요? 나와서 말릴 거예요?"

샤워를 방금 마쳐서 머리카락에서 물도 뚝뚝 떨어지고 로션도 바르고 옷도 입어야 해서 정신이 하나도 없다. 그런데 민소는 굳이 왜 지금 물어보는 건지 모르겠다.

아무래도 아이는 내가 씻는 동안 나 몰래 보고 있던 유튜브를 조금이라도 더 보기 위해 내가 나오는 시간을 묻는 것 같았다.

"옷만 입고 지금 나갈 거야."라는 말을 남기고 서둘러 옷을 챙겨 입고 있었다.

똑.똑.

"또 왜애애?" 아까보다는 조금 더 짜증 난 목소리로 물었다.

"엄마, 머리 말리고 나오면 안 돼요?"

나는 아이가 유튜브를 더 보려고 꼼수를 부리는 거라 확신했다.

"엄마, 지금 바로 나갈 거야. 노크 하지 마."

현장을 잡아서 얼른 혼내줘야지 마음먹고 서둘러 나왔다.

그런데 TV는 꺼져있었다.

민소는 손을 뒤로 숨긴 채 나를 보고 멋쩍은 웃음을 지었다.

"민소!!! 손 뒤에 숨긴 거 뭐야! 빨리 보여줘."

화를 누른 채 취조하듯 말했다.

민소 손에 들려있는 건 놀랍게도 리모콘이 아니라 밥주걱이었다.

"밥주걱 왜 들고 있는 거야?"

"엄마 샤워하고 나오면 짠! 하고 보여주려고 밥상 차려 놨어요."

식탁을 보니 정말 밥이랑 반찬 몇 가지, 그리고 수저가 올려져 있었다.

잠시 멍했다.

"어떻게 밥을 차릴 생각을 했어?"

"엄마 샤워하고 나오면 배고픈 시간이니까요. 근데 냉장고 높은 데 있는 반찬은 못 꺼냈어요."

"그럼 엄마 머리 말리고 나오는지는 왜 물어 본거야?"

"엄마 나오면 다 차려 놓고 깜짝 놀래켜 주고 싶어서요."

아이의 서프라이즈 이벤트는 생각도 못하고,

"너 손 뒤에 숨기고 있는 거, 리모콘이지? 엄마 샤워할 동안 유튜브를 봤을 테고. 엄마 나오는 시간 계산하면서 유튜브 더 보려고 그랬지? 엄마가 모를 줄 알아?"

다짜고짜 아이를 혼냈다면,

10년 넘게 후회하고 있을 기억을 남기게 될 뻔 했다.

사랑의 첫번째 의무는 상대방에게 귀 기울이는 것이다.

- 폴 틸리히 -

오늘은 당신의 꿈이 이루어진 날입니다. 당신은 가장 사랑하는 사람과 가장 편안한 상태에서 대화를 나눌 수 있고 장소도 마음대로 선택할 수 있습니다. 누구와 어떤 대화를 나누고 싶으신가요?
주변에 어떤 소리가 들리나요? 당신이 고른 음식은 어떤 향, 어떤 맛인가요?

이제 눈을 감고 어떤 기분인지 느껴보세요.

부정적인 생각을
긍정적인 생각으로 바꾸고 싶은 그대에게

"어느 도둑도 달리기만은 훔쳐갈 수 없었습니다."

1984년부터 1996년까지 4번의 올림픽에서 총 9개의 금메달과 1개의 은메달을 획득하며 세계 육상연맹이 선정한 '20세기 최고의 선수'로 뽑혔던 칼 루이스가 인터뷰에서 한 말이다.

그는 교통지옥이라고 불릴 정도로 교통상황이 매우 나쁜 도시에 살았다. 그래서 그는 차 대신 오토바이를 항상 타고 다녔는데, 어느 날 도둑이 그것을 훔쳐갔다. 그 후 자전거를 샀는데 이조차 도둑을 맞았다. 화가 난 그는 차라리 뛰어다니겠다며 12킬로미터나 되는 먼 길을 매일 뛰어다녔다. 하루에 왕복 24킬로미터를 매일 달린 것이다.

권코치 요즘 기분은 어떠신가요?

신영 1년 동안 내가 뭐했나 싶어요.
목표도 성과도 없이 이렇게 늙나 싶어 마음이 무겁네요.

권코치 신영님 마음이 무겁다고 하시니 저도 마음이 무겁네요.
요즘 기분을 색으로 표현한다면 어떤 색으로 표현할 수 있을까요?

신영 회색이나 보라색이 떠올라요. 원색은 저랑 안 어울려요.
이도 저도 아닌 색. 그게 딱 지금 제 느낌이에요.

권코치 신영님 표현력이 상당히 뛰어나시네요.
이도 저도 아닌 색이라고 말씀하시니 저한테 딱 와 닿아요.
마음이 얼마나 복잡하실지 이해가 바로 되네요.
오늘 마음이 가벼워지시는데 조금이라도 도움이 될 수 있기를 응원하는 마음으로 최선을 다하겠습니다.
오늘 어떤 주제로 이야기를 나누면 좋을까요?

신영 저는 심리적인 변화에 대한 욕구가 강해요.
요즘 부정적인 생각을 많이 하는 편이라서 '남들에게 일어나지 않는 일이 왜 나에게만 일어날까?' 원망도 많이 해요.

권코치 심리적인 변화에 대한 욕구가 강하다는 걸 알고 계시다는 자체만으로도 정말 훌륭하시네요. 신영님과의 대화가 무척 기대되요.
오늘 대화 주제를 한 문장으로 정리하면 어떻게 할 수 있을까요?

신영 음. 긍정적인 사람이 되고 싶다. 이렇게 하고 싶습니다.

권코치 좋아요. 긍정적인 사람이 되고 싶다는 주제로 오늘 함께 이야기를 나누어 볼게요. 신영님께서 생각하는 긍정적인 사람은 어떤 사람인가요?
혹시 지인 중에 생각나는 분이 계신가요?

신영 중학교 동창이요. 20년 넘은 정말 친한 친구가 있는데, 이 친구는 누가 봐도 힘든 상황인데, 그냥 다 괜찮대요. '어떻게든 되겠지.'라고 말해요. 그런데 진짜 어떻게든 되긴 다 되거든요.
타고난 성향인 건지. 그런 척만 하는 게 아니라 정말 밝고 긍정적인 에너지가 많아요. 만나면 항상 기분이 좋아지게 하는 친구예요.

권코치 와! 항상 기분 좋게 만날 수 있는 친구가 있는 신영님 정말 부럽네요.
그런데 그렇게 밝은 친구 분과 오랜 친구이신 것을 보면 신영님도 밝은 분이신 것 같은데요. 신영님께서 가장 긍정적인 성격을 가지고 있을 때는 언제였을까요?

신영 음. 제가 긍정적인 성격을 가지고 있었을 때요? 그런 생각을 언제 했는지 기억이 잘 안 나네요. 지금 생각해 보니 저도 예전에는 긍정적인 성격이었던 것 같아요.

저는 학교 다닐 때 전교 3등 안에 들던 상위권이었고, 대학생 시절 유학을 갔을때도 좋은 친구들과 교수님을 만나서 정말 재미있게 시간을 보내고 왔어요.
성취에 대한 욕구가 강해서 뭘 배우면서 에너지를 채웠어요. 그러면서 늘 활기차게 열심히 살았던 것 같아요.

권코치 늘 활기찼고 에너지가 넘치는 이야기를 하셔서 그런지 지금 신영님 목소리에도 힘이 느껴져서 저까지 큰 힘을 받는 느낌이에요. 감사합니다.
그러면 혹시 부정적인 생각을 많이 한다고 느끼신 것은 언제부터였는지 나눠주실 수 있을까요?

신영 7년 전에 첫 아이가 태어나고 아이 발달이 좀 늦는 거예요. 그래서 돌쯤 병원에 갔는데 약이나 수술로 고칠 수 있는 것이 아니라는 이야기를 듣고 많이 놀라고 당황해서 정말 힘들었어요.
'이건 내 노력으로 변화시킬 수 있는 상황이 아니다. 이 상황은 지금 내가 컨트롤할 수 있는 영역 밖의 일이다.'라고 생각했던 그때부터였던 것 같아요.

권코치 제가 뭐라 말로 표현하지 못할 정도로 많이 놀라고 힘든 시간이었을 것 같아요. 그럼에도 불구하고 이렇게 용기 내어 저에게 이야기를 나눠주셔서 진심으로 감사합니다.
혹시 그때 이후로 신영님께서 힘드신 마음을 이겨내기 위해 시도하셨던 것이 있을까요?

신영 처음엔 종교에 매달렸었어요. '우리 아이가 나에게 온 이유가 있겠지!'라고 생각을 하면서 정말 열심히 기도했어요.
그리고 친정엄마랑 대화를 정말 많이 했어요. 가벼운 수다부터 진지한 상담까지 친정엄마가 제 이야기를 다 들어주시고 응원해 주시니 정말 큰 힘이 됐어요.
그리고 회사에 출근하면 집중해서 최대한 일에 몰두하려고 했어요.

권코치 매사에 최선을 다하시는 신영님 정말 대단하세요.
무한 칭찬해 드리고 싶습니다. 이렇게 열심히 노력하고 사시면서 혹시 어떤 변화가 있었는지 나누어 주실 수 있나요?

신영 일단 기도하는 시간과 일에 집중하면 잡념이 사라지니 좋았어요.
친정엄마랑 대화를 하면 엄마는 제가 설명하지 않아도 제 상황을 저보다 더 잘 알고 계시고 굳이 어떤 척을 안 해도 되니 편했어요.
그리고 회사에서 집중해서 일하면 성과가 잘 나오고 인정받을 수 있어 좋았어요.

권코치 와! 우리 신영님께서 인정받고 계시다니 저까지 뿌듯하네요.
이렇게 열심히 살고 계시는 신영님의 생각이 긍정적으로 바뀔 수 있도록 해보고 싶은 노력이 혹시 있을까요?

신영 아이 친구 엄마 중에 아는 사람이 하나도 없어요. 아이 등·하원을 친정엄마가 해주시니 제가 자연스럽게 아이 친구 엄마를 만날 기회가 없었거든요.
아이 치료를 갈 때 대기실에서 기다리면서 다른 부모님들을 만날 때가 있는데 딱히 교류할 기회는 없었던 것 같아요. 아이와 같은 또래의 엄마와 만나 이야기를 하면 좋을 것 같아요.

권코치 그렇게 생각하게 된 계기가 있을까요?

신영 또래 아이들이 어떻게 지내는지 공유할 수 있는 사람이 있으면 자연스럽게 마음이 좀 편안해질 것 같기도 해요.

권코치 그렇지요. 아무래도 나랑 비슷한 또래를 키우고 있는 엄마들과 교류하면 도움이 많이 되지요.
또래 아이들 엄마를 만나려면 어떤 방법이 있을까요?

신영 주말에 가끔 놀이터에 아이를 데리고 나가는데, 또래 아이 엄마들 중 혼자 나온 엄마들 있으면 인사해 볼까요?

권코치 그것도 좋은 방법이네요.
그렇게 하시는데 혹시 걱정되는 부분이 있을까요?

신영 아무래도 제가 어울리더라도 아이가 그 친구와 잘 어울리지 못하면 불편한 상황이 생길 수도 있으니 그게 좀 걱정이 되요.

권코치 그 부분은 어떻게 하면 좋을까요?

신영 그러게요. 어떻게 해야 할까요? 근데 아이가 지금 유치원에도 잘 다니고 있고 사실 큰 문제 없이 잘 생활하고 있으니 아이를 믿고 지켜보는 것도 좋을 것 같아요.

권코치 오! 아이를 믿고 지켜본다. 정말 멋진 생각이네요.
이건 언제부터 해볼 수 있을까요?

신영 이번 주말에 날 좋으니 한번 데리고 나가보면 좋을 것 같아요.

권코치 저도 응원할게요. 혹시 더 시도할 수 있는 것이 있을까요?

신영 인터넷 지역 맘 카페에 비슷한 또래 아이 친구 엄마 찾는다고 글을 올려 볼까요?

권코치 오! 그렇게 하면 어떤 장점이 있을까요?

신영 제가 원하는 시간을 미리 써놓으면 맞춰서 보면 되니까 무작정 기다리지 않아도 될 것 같아요. 그리고 동네니까 가까워서 만날 때 부담이 없을 것 같아요.

권코치 좋네요. 그렇게 하는데 어려움이 있다면 어떤 게 있을까요?

신영 누가 나올지 모른다는 거? 복불복?

권코치 그러네요. 정말 복불복이네요. 그럼 어떻게 하는 게 좋을까요?

신영 그래도 해보면 좋을 것 같아요.
아직 일어나지 않은 일이니 그때 가서 고민해봐야겠어요.

권코치 신영님은 실행력이 정말 탁월하시네요! 또 어떤 시도를 해보면 좋을까요?

신영 명화그림 그리기, 네일아트, 여행가기, 예쁜 옷 사기. 이런 거 하면서 저 혼자 생각하는 시간을 좀 가지면 좋을 것 같아요.

권코치 저도 너무 공감해요. 혼자 생각하는 시간이 있으면 복잡했던 것들이 좀 정리가 되지요. 그런 시간을 언제부터 가질 수 있을까요?

신영 이번 주말에 친정엄마는 주중에 너무 고생하시니까 남편에게 아이를 부탁하고 나가봐야 겠어요.

권코치 네, 꼭 신영님만의 시간이 생기셨으면 좋겠어요.

권코치 혹시 또 시도하고 싶으신 부분이 있을까요?

신영 하하. 제가 생각해도 웃기긴 하지만 점을 보러 가고 싶기도 해요. 예전에 점을 보러 갔었는데 아무리 기도해도 하느님 말은 안 들리던데, 무당 말은 쏙쏙 잘 들리더라고요. 속이 다 시원 해졌었어요. 한번 더 가볼까요?

권코치 하핫. 무당 말은 쏙쏙 잘 들린다는 말씀이 너무 공감이 되네요.
신영님 마음이 편해 지신다면 저는 어떤 일이라도 다 응원하고 지지합니다. 혹시 또 시도하고 싶으신 것이 있으실까요?

신영 음. 사실은 제가 집에 돌아와서 아이를 보면
'내가 다시 평범한 상황으로 돌아갈 수는 없어. 나는 아픈 아이가 있어. 내가 아무리 노력해봤자 돌아갈 수 없어.'
라는 생각이 들 때 마음이 무거워지거든요.
이 부분에 대해 내려놓는 연습을 해야 할 것 같아요.

권코치 어려운 말씀 용기내어 전해 주셔서 감사합니다. 혹시 신영님께서 생각하시는 평범한 상황이라는 건 어떤 모습인지 말씀해 주실 수 있을까요?

신영 모두가 건강하고 내가 노력하면 원하는 상태로 갈 수 있는 모든 게 열려 있는 상황?

권코치 그런 상황이 될 수 있게 하려면 어떻게 해야할까요?

신영 아이와 대화도 많이 하고 아이를 마음으로 끌어안아주는 시간을 많이 가질 수 있도록 노력해 봐야 할 것 같아요.

권코치 그렇게 하면 어떤 변화가 생길까요?

신영 아이와의 관계가 지금보다 더 편안해질 것 같아요.
제 마음도 안정이 될 것 같아요.

권코치 신영님께서 오늘 긍정적인 사람이 되고 싶다는 주제로 이야기를 하고 싶다고 하셨어요. 지금까지 이야기하시면서 새롭게 느끼신 부분이 있으실까요?

신영 네, 마음이 왜 부정적인지 사실은 제가 알고 있었는데, 본질을 자꾸 회피하려고 하니 뭘 해도 마음이 무거웠던 것 같아요.
이제 회피하지 않고 지금 제 상황 안에서 봐야 하는 부분을 바로 보면서 지내야겠다는 다짐을 했어요.

권코치 귀한 나눔 해주셔서 감사합니다. 오늘 코칭을 이렇게 마무리하려고 하는데 혹시 궁금하신 부분이나 더 하고 싶은 말씀이 있으신가요?

신영 머리가 계속 무거웠는데 정리되는 기분이라 그런지 가벼워졌어요.
감사합니다.

권코치 신영님 마음이 가벼워지시는데 조금이라도 도움이 되었다고 하니 저도 진심으로 감사합니다. 제가 얼마 전에 '에누마 이수인 대표' 동영상을 정말 유익하게 본 적이 있는데요. 신영님께서 시간이 괜찮으실 때 한번 보시기를 추천드려 봅니다.

신영 네, 한번 볼게요. 감사합니다.

"아이는 자라서 학습에 어려움을 겪게 될 것입니다."

라는 이야기를 의사로부터 듣는다면 당신은 어떻게 할 것인가.

사실 이 질문은 누구라도 대답하기 어려운 문제일 것이다.

이 말을 듣고 아이 학습을 위한 어플을 직접 개발해 21개국 애플 앱스토어 특수교육 카테고리 1위, 일론 머스크가 우승상금 500만 달러(한화59억 원)를 걸고 2014년부터 2019년까지 5년 동안 주최한 〈글로벌 러닝 엑스프라이즈〉에 도전해 최종 우승을 한 엄마가 여기 있다.

바로 〈에누마〉라는 기업을 세운 이수인 대표의 이야기이다. 그녀는 S대 졸업 후 대기업 게임 개발 회사에서 게임 디자이너로 일하던 중 테크니컬 디렉터인 남편과 함께 미국에 유학을 가게 되었다. 같은 해 아이를 출산하였는데 자라서 학습하기가 쉽지 않다는 말을 듣게 된 것이다.

신생아 집중 치료실에 아이가 머무는 동안 할 수 있는 일이 없어 절망에 빠져 있던 그녀에게 지나가던 의사는 어떤 일을 했었냐고 물었다. 그녀는 비디오게임 만드는 일을 했다고 말했다. 의사는 “와우! 여기 아이들을 위해 할 수 있는 일이 정말 많겠어요!”라는 한 마디를 해주었는데 그 말은 그녀의 인생 터닝 포인트가 되어 현재 그녀가 위와 같은 성과를 낼 수 있는 원동력이 되었다고 한다.

어떤 일을 할 때는 눈에 당장 보이는 문제해결에 급급하기보다는 그것을 통해 이루려는 진짜 이유 · 목표가 무엇인지를 세워야 한다. 그러면 훨씬 더 커다란 것을 달성할 수 있는 길이 열릴 것이다.

당신 자신을 믿어라.

그리고, 당신의 내면에는 그 어떤 장애물보다 더 큰 무언가가 있다는 것을 생각해라.

- 크리스틴 라슨 -

문제가 기회가 될 수 있다면 어떤 관점에서 그럴까요?
(예 : 성장의 기회, 도움의 기회 등)

그 문제를 해결하고자 하는 진짜 이유는 무엇인가요?

문제를 해결하기 위해 지금 당장 할 수 있는 일 한 가지는 무엇인가요?

그 일이 멋지게 해결된다면 누구의 도움이 있었을까요?

좋은 엄마가 되고 싶은 그대에게

"나 자신을 좋은 사람으로 바꾸려고 노력하니까 좋은 사람이 오더라."

〈효리네 민박〉 TV프로그램에서 이효리가 좋은 반려자를 어떻게 만나야 하는지 고민하는 아이유에게 했던 말이다. 깊이 공감한다. 좋은 친구, 좋은 스승, 좋은 동료, 좋은 아이를 애써 찾으려 하기보다는 내가 좋은 사람이 되면 주위에 좋은 사람이 자연스럽게 생길 것이라고 믿는다.

권코치 오늘의 기분은 어떤 색이었을까요?

지민 오늘은 노란색이 떠올라요.
지난 주부터 레슨을 시작했더니 기분이 좋아졌어요.

권코치 이야, 실행력이 정말 대단하시네요! 레슨을 바로 시작하셨군요!
레슨을 다시 시작하니 어떠셨나요?

지민 레슨을 예전에 받을 때는 그냥 해야 하니까 하는 거였어요.
그런데 이번에는 제가 레슨을 잘 받아서 앨범 내는 거랑 학생들도 더 잘 가르쳐 보고 싶다는 목표를 바탕으로 하니 훨씬 더 집중도 잘 되고, 잘 해보고 싶다는 생각이 들어서 열심히 하게 돼요.
그리고 또 제가 레슨을 하는 동안 남편이 육아를 하니까 그 시간을 허투루 쓰면 안 되겠다는 생각이 많이 들어요.
이번에는 정말 잘 해보고 싶어요!

권코치 목표도 분명하시고, 의욕도 충만하시니 정말 잘 되실 것 같아요!
지금 저랑 대화하시는 분이 지난 번에 저랑 대화하셨던 분 맞나싶을 정도로 에너지가 넘치셔서 감사하단 생각이 드네요.
더 이야기 하고 싶은 부분이 있으실까요?

지민 제가 레슨을 친구한테 받고 있는데요.
'이렇게 하려면 얼마나 많은 노력을 했을까?'라는 생각이 들어서 반성하는 시간이 되면서도 저도 잘 가르칠 수 있도록 노력을 많이 해야겠다는 의지가 샘솟는 마음이 들어서 정말 좋았어요.

권코치 저도 지민님께서 열심히 노력하셔서 작곡 앨범 내시는 날 기대하고 있겠습니다. 오늘은 어떤 주제로 이야기를 하고 싶으신가요?

지민 좋은 부모가 되는 방법에 대해 이야기해 보고 싶어요.

권코치 지민님께서 생각하시는 좋은 부모는 어떤 모습인가요?

지민 제가 생각하기에 좋은 부모요? 생각해 본 적이 없는 것 같아요.

권코치 잠깐 시간 드릴게요. 한번 생각해 보시겠어요?

지민 음, 일단 좋은 부모는요, 아이 말을 잘 들어주는 사람일 것 같아요.

권코치 아이 말을 잘 들어주는 일이 왜 중요하지요?

지민 아이가 저랑 제일 많은 시간을 보내기 때문에 말을 잘 들어주면 아이가 마음 편히 지낼 수 있을 것 같아요.

권코치 오, 정말 그러네요! 혹시 하나 더 있을까요?

지민 아이를 나와 다른 인격체로 존중해 주면 좋은 부모일 것 같아요.

권코치 인격체로 존중한다는 건 어떤 의미인지 여쭈어봐도 될까요?

지민 아이가 원하는 것이 무엇인지 잘 살펴보고 할 수 있도록 지지해주는 거 같아요.

권코치 아이가 원하는 것이 무엇인지 살펴보고 지지한다. 멋진 표현이네요. 혹시 하나 더 있을까요?

지민 제 감정을 잘 컨트롤 할 수 있으면 좋을 것 같아요.

권코치 감정 컨트롤이 중요한 것은 무엇 때문일까요?

지민 제 감정이 복잡할 때는 예민해져서 아무래도 그런 마음들이 아이한테 전달되니까 그럴 때는 아이도 제 눈치를 보게 되는 것 같아요.

권코치 그러네요. 저도 제 감정이 컨트롤 안 될 때는 아이들한테 영향이 갔던 것 같아요.

권코치 혹시 하나 더 있을까요?

지민 일단 세 개만 해도 좋은 부모가 될 것 같아요.

권코치 오, 그러네요. 지금 지민씨가 말씀하신 세 개가 어떤 거였는지 다시 말씀해주실 수 있을까요?

지민 아이 말 잘들어주기, 인격체로 존중하기, 제 감정 컨트롤 잘하기 이렇게요.

권코치 네! 사실 이렇게 세가지를 지키는 것도 상당히 어려운 일인데요. 저도 참고해서 해볼게요. 혹시 주위에 좋은 부모하면 생각나는 분이 계실까요?

지민 아! 있어요! 제 지인 중에 목사님이 계시는데요. 목사님이 아들 둘을 키우는데 큰아이는 회사원이 되었고, 둘째 아이는 타투리스트가 되고 싶다고 했는데 그 직업이 나쁜 직업은 아니지만 처음엔 고민이 좀 되었다고 하시더라고요.
그런데 아이가 진심으로 해보고 싶다고 하니 어떤 계획을 세웠는지 먼저 물어보셨대요. 그리고 반대 없이 잘해 보라고 응원한다고 하시더라고요. 그러시면서 둘째는 마음이 단단한 아이라 스스로 잘해 낼 수 있을 거라고 말씀하시던 모습이 정말 인상적이었어요.

권코치 이야, 지민님께서 말씀하신 좋은 부모와 정말 완벽하게 일치하네요!
좋은 지인이 옆에 계시니 지민님은 참 복이 많으신 분 같아요.
혹시 이렇게 좋은 부모가 되기 위해서 하고 계시는 노력이 있으신가요?

지민 육아 책을 많이 보고 있어요.

권코치 책을 읽으면서 도움이 되신 부분이 있으시다면 나누어주시겠어요?

지민 화를 내지 않는 방법이나 소리 지르지 않는 것들에 대해 생각을 좀 해본 것 같아요.

권코치 아, 그건 정말 쉽지 않지요!
혹시 또 하고 계시는 노력이 있을까요?

지민 남편과 이야기를 많이 하려고 노력하고 있어요.

권코치 주로 어떤 이야기를 많이 나누시나요?

지민 아무래도 아이 이야기를 많이 하고 있어요.
아이 아빠는 정말 최선을 다하고 있어요.
매일 퇴근하고 오면 아이랑 장난감으로 놀아주고 목욕을 시켜주고 있어요. 그래서 남편도 지치지 않게 응원을 많이 해주고 있어요.

권코치 부군께서 일도 육아도 열심히 함께 하고 계시다니 정말 멋지십니다.

지민 고맙게 생각하고 있어요.

권코치 혹시 또 노력하는 부분이 있으신가요?

지민 혼자만의 시간이 필요해서 아이를 재우고, 가끔 밤에 차에서 생각하는 시간을 가져요.
그러면 생각이 정리가 되면서 에너지가 생기더라고요.

권코치 우와. 차에서 혼자 생각하는 시간은 어떻게 하게 되신 거예요.
정말 좋은데요?

지민 요즘 코로나 때문에 카페에 가기도 어렵잖아요.
그렇다고 집에만 있으니 답답하기도 해서 남편이 아이를 보는 동안 드라이브라도 해볼까 해서 차에 갔는데 어디 안가고 차에서 혼자 라디오만 들어도 기분이 좋아지더라고요.

권코치 그렇지요. 혼자만의 공간에서 있는 것만으로도 힐링이 되지요.
이미 노력하고 계신 부분들도 훌륭하시네요.
지민님께서 생각하시기에 좋은 엄마를 10점 만점이라고 했을 때 현재 몇 점이라고 생각하시나요?

지민 저는 지금 7점 정도 되는 것 같아요.

권코치 혹시 어떤 부분을 더 시도하면 점수를 올리실 수 있을까요?

지민 일단 아이 앞에서 짜증내는 것을 조금 줄이면 좋을 것 같아요.

권코치 그러려면 어떤 방법들이 있을까요?

지민 엄마표로 다 하겠다는 생각을 내려 놓으면 마음에 여유가 좀 생길 것 같아요. 그리고 숙면을 취하질 못하니 이 부분을 좀 해결하면 좋을 것 같아요.

권코치 그 부분들을 어떻게 해결할 수 있을까요?

지민 제가 평일에 하던 것들 중에 책 읽어주는 것은 남편이 해주면 될 것 같아요. 주말 같은 경우는 밤에 남편이 아이를 재워주면 될 것 같다는 생각이 들어요.
일주일에 두 번만 푹 자도 훨씬 컨디션이 좋을 것 같아요.

권코치 육아 분담을 언제부터 하면 좋을까요?

지민 오늘 저녁에 바로 이야기를 해보면 될 것 같아요.

권코치 오늘 저녁이요? 실행력이 대단하시네요! 응원하겠습니다.
혹시 더 노력하실 수 있는 것이 있을까요?

지민 어떤 말을 시작하기 전에 숨을 한번 크게 쉬고 객관적으로 생각해 보고 말하는 연습을 해보면 될 것 같아요.

권코치 객관적으로 생각한다는 것은 어떤 것인지요?

지민 어떤 상황이 생겼을 때 바로 말을 다하기 보다는 역지사지로 생각을 해보는 것 같아요. 그리고 한 박자 쉬었다가 그 사람이 왜 그랬는지도 생각해 보고 하는 그런 거요.

권코치 그렇게 하면 지금과는 어떤 점이 달라질 수 있을까요?

지민 화를 내놓고 '그렇게까지 할 일은 아니었는데'라는 생각이 들어서 후회하고 자책하는 시간이 많이 줄어들어서 좋을 것 같아요.

권코치 좋아요. 더 시도하고 싶은 부분이 있을까요?

지민 이 정도만 해도 충분할 것 같아요.

권코치 저랑 지금까지 좋은 부모가 되는 방법에 대해서 이야기를 해보았는데요. 오늘 이야기하시면서 새롭게 느껴지신 부분이나 기억에 남는 이야기가 있다면 나누어 주실 수 있나요?

지민 일단 좋은 엄마가 되고 싶다는 생각은 늘 하고 있었는데 좋은 엄마는 어떤 사람이 좋은 엄마냐고 물어보셔서 처음엔 머리가 좀 띵했어요. 제가 생각해 본 적이 없던 질문이라서요.
늘 뭔가 하긴 해야 겠는데 뭘 해야 할지 정해진 것이 없으니 좋은 엄마가 되야 한다는 생각이 부담스러웠던 거였더라고요.
오늘 이야기했던 것들만 잘 지켜도 한결 마음이 편안해질 것 같아요. 감사합니다.

권코치 저도 감사합니다. 지민님께서는 좋은 엄마가 되고 싶다고 말씀하신 순간부터 이미 좋은 엄마이신 것 같아요. 노력하고 계시다는 거니까요.
항상 응원하겠습니다.

'오늘 또 아이들에게 소리 지르고 화내고 미친 사람처럼 난리를 쳤어요.
그런데 지금 잠든 아이들 얼굴 보니 너무 미안해요.
조금만 더 참을 걸 그랬어요. 저는 정말 왜 이러는 걸까요.'

민소가 4살, 도원이가 2살 무렵, 아이를 재우고 스마트폰을 만지작거리던 나는 맘카페에서 이 글을 보고 내가 쓴 글인줄 알았다. 낮에 아이한테 그렇게까지 할 일이 아니었는데, 있는 소리 없는 소리를 다 지르며 난리를 치고 잠든 아이 얼굴 보면 내가 죄인 같아 반성하고 다음날 또 소리를 지른다. 이런 상황이 반복되다 보면 '정말 내가 예전에는 안 이랬는데 왜 이러는 걸까 정말 내가 미쳐 가는 걸까?'라는 생각을 했다. 그러나 다행히 저 글과 글에 달린 수십 개의 댓글을 보며 나는 위로 받고 안심했다.

'적어도 나만 미쳐가고 있는 것은 아니구나. 육아를 하며 다 같이 미쳐가고 있는 거구나.'

지금 생각해 보면 다같이 미친다고 해서 괜찮은 것은 아닌데 위로를 참 많이 받았다. 댓글 중에는

'저도 그래요. 저는 제가 사이코패스인 줄 알았어요. 다 똑같나 봐요.
우리 같이 힘내요.'

모르는 누군가의 힘든 마음이 담긴 글에 본인이 사이코패스인 줄 알았다는 고백(?)을 하고 당신만 그런 건 아니라고 동질감을 줘서 안심하게 해주

고 같이 힘내자는 응원까지 어쩜 이렇게 완벽할 수가 있나 싶다.

아이 엄마라는 공통 역할을 맡고 있지 않았더라면

이렇게 찐하게 서로의 마음을 구석구석 어루만져 줄 수 있었을까?

위의 글을 본 당신은 어떤 댓글을 달아주고 싶은가요?

만일 당신이 위의 글을 쓴 장본인이라면 어떤 댓글을 받을 때 위안이 될까요?

만일 당신이 위 글의 자녀라면 엄마에게 어떤 말을 하고 싶을까요?

위의 자녀가 한 말을 들은 엄마인 당신은 지금 어떤 마음이 들었나요?

지금 스스로에게 하고 싶은 말이 있다면 어떤 말인가요?

나만의 행복 기준을 가지고 싶은 그대에게

자기 존재와 그 느낌을 만나서 공감받은 사람은 특별한 가르침이 없어도 자신에게 필요한 깨달음과 길을 알아서 찾게 된다.

그것이 정확한 공감의 놀라운 힘이다.

- 박혜신 《당신이 옳다》 해냄출판사 -

권코치 요즘 기분이 어떠신가요?

서희 감정 기복이 심해요. 아이 둘이 싸우거나 큰 소리가 나면 화가 나고, 아이 둘이 잘 놀면 기분이 괜찮아 지기도 해요.
그런데 애들 상태에 따라서 마음이 너무 오락가락하니까 힘들어요.

권코치 아무래도 아이들을 키우다 보면 그럴 수 있지요.
저도 그럴 때가 가끔 있어요. 아니 자주 있어요. 하하.
우리 코칭 시작하기 전에 한판 울고 시작할까요?

서희 하하. 그렇지요? 코치님, 저만 그런 거 아니지요? 다 그렇지요?

권코치 그럼요. 저도 그래요! 우리 같이 힘내 보아요.
서희님, 오늘 기분을 색으로 표현한다면 어떤 색이 떠오르시나요?

서희 파란색이 떠올라요.

권코치 파란색이 떠오른 이유가 있을까요?

서희 겉으로 보면 차분한 거 같은데요.
그 속을 보면 확 가라앉아 있는 거 같아요.

권코치 파란색을 그렇게 설명해 주시니 어떤 느낌인지 더 잘 와 닿네요.
오늘 저와의 대화를 통해서 가라앉은 기분이 살랑살랑 떠오르도록 노력해 보겠습니다! 오늘 우리가 어떤 주제로 이야기를 나누면 좋을지 말씀해 주시겠어요?

서희 사람들을 대하는 게 어렵게 느껴져요. 마음을 다 터놓지도 못하겠고 사람들을 어떻게 대해야 하는지 잘 모르겠어요.

권코치 조금 더 구체적으로 이야기해 주실 수 있나요?

서희 나를 어떻게 볼지 걱정도 되요.
혹시 안 좋게 보면 어쩌지 불안하기도 하고 그래요.

권코치 다양한 이야기를 해주셨는데요.
한 문장으로 정리하면 어떻게 할 수 있을까요?

서희 사람들과 친하게 지내는 방법을 알고 싶어요.

권코치 서희님께서 생각하시는 사람들과 친하게 지낸다는 것은 어떤 모습인가요?

서희 같은 공간 안에 있는 것이 자연스럽다? 편안하다? 라는 느낌이 있어야 하는 것 같아요.

권코치 이런 생각을 언제부터 하셨는지 나누어주실 수 있나요?

서희 아이가 지금 2학년인데 초등학교에 들어가면서부터 했던 것 같아요.

권코치 어떤 계기가 있었나요?

서희 아이가 초등학생이 되면서 엄마들 모임이 있었어요.
그런데 그 자리에 있는 시간이 불편하다는 생각이 한번 들기 시작하더니 계속 그러더라고요.

권코치 아이 친구 모임 이외에 서희님의 지인들과 만나셨을 때는 어떠신가요?

서희 자주 연락하는 친구가 한 명 있는데 자주 보진 못해서 별다른 느낌은 없어요.

권코치 예전에 사람들과 편하게 지내던 시절을 한번 떠올려보시겠어요?

서희 중학교 1학년 이전까지는 사람들 시선에 별로 신경도 쓰지 않았고 잘 지냈어요.
사춘기 이후부터 좀 예민해졌고 혼자 있는 시간이 편했어요.

권코치 그러면 언제부터 사람들이랑 잘 지내고 싶다는 생각을 하셨나요?

서희 음. 결혼 이후에 임신하고부터 사람들과의 관계가 그리워졌던 것 같아요. 아이들 키우느라 정신 없기도 하지만 '힘든 마음을 나눌 상대가 있으면 좋겠다.'라는 생각이 들기 시작했던 것 같아요.

권코치 아이 키울 때 정말 사람, 특히 나와 말이 통하는 '어른 사람'이 그립지요. 저도 공감합니다. 혹시 사람을 만나기 위해 시도하셨던 것들이 있나요?

서희 아이들이 어린 시절 마음이 힘들거나 그랬을 때는 사실 사람을 만나기 위해 노력을 하진 않았던 것 같아요.
그냥 '있으면 좋겠다.' 정도였는데, 아이들이 초등학생이 되니까 아이 키우는데 필요한 학원 정보라든지, 교우 관계를 위해서도 모임이 필요 하더라고요.
그래서 아이 반모임에 나가봤는데 부동산, 시댁, 남편에 대한 불만을 돌아가며 이야기하는데 딱히 재미가 없더라고요.
그러니까 그런 자리에 가도 맨 끝에 앉게 되고 그냥 이야기 듣다 집에 오게 되고, '이게 뭐 하는 건가?'라는 생각이 들었어요.
하지만 아이 생각하면 가긴 가야겠고, 마음이 복잡하네요.

권코치 마음이 복잡하긴 하지만 그 모임에 계속 가는 이유는 어떤 게 있을까요?

서희 제가 안 가면 저희 아이만 뒤쳐질까봐 걱정이 되요. 그리고 아이도 저처럼 사람 만나는 걸 꺼리게 될까봐 신경이 쓰여요.

권코치 서희님이 보시기에 아이의 교우 관계는 어때 보이시나요?

서희 그냥 무난한 것 같아요. 활발한 편이라 친구들이랑 잘 놀아요.

권코치 그럼 위에 서희님이 말씀하신 아이가 사람 만나는 걸 피할까봐 라는 걱정은 내려놓으셔도 되지 않을까요?

서희 네, 이야기하고 보니 그러네요.

권코치 좀 전에 사춘기 이후부터 사람들 만나는 건 좀 예민해졌다고 하셨는데요. 혹시 어떤 계기가 있었는지 여쭈어봐도 될까요?

서희 그때 가정 형편이 갑자기 좀 어려워졌었거든요.
그래서 스스로 좀 눈치를 보게 되었던 거 같아요.

권코치 지금은 어떠신가요?

서희 지금은 사실 눈치를 볼 일이 없긴 하지요.

권코치 현재 서희님께서 사춘기 시절을 보내고 있는 어린 서희님께 해주고 싶은 말씀이 있다면 어떤 게 있을까요?

서희 그때 환경도 갑자기 바뀌고 많이 힘들었지?
그래도 이렇게 잘 있어줘서 고마워. 환경이 바뀐 건 네 잘못이 아니야. 너무 다른 사람들 신경 쓰지 않아도 돼.
너무 빨리 어른 인척 안 해도 되니 그냥 너하고 싶은 거 하면서 잘 지내. 어른이 되면 지금보다 훨씬 더 행복해져 있을 거니까 걱정 그만 하렴! 내가 응원하고 있을게.

권코치 서희님, 지금 말씀해 보시니까 어떠셨나요?

서희 그때 아무도 저한테 괜찮다고 말해주지 않았는데, 괜찮다는 말 들으니까 정말 좋네요.
그리고 어른이 되면 지금보다 더 행복해져 있을 거라고 하니까 마음이 좀 편안해지는 것 같아요.
항상 어린 시절 눈치 보던 기억이 저를 따라다녔던 것 같은데 이제 내려놓을 수 있을 것 같아요.

권코치 서희님께서 어린 서희님께 해주신 응원에 저까지 힘이 나네요.
감사합니다.

권코치 조금 전에 아이는 스스로 잘하고 있으니 아이를 위한 만남도 안 해도 될 것 같다. 그리고 이제 눈치 보는 마음을 내려놓을 수 있을 것 같다고 하셨는데요. 그러면 사람들과 편안하게 만나려면 어떻게 하시면 좋을까요?

서희 굳이 아이 친구 엄마 모임 말고 제가 좋아하는 이야기를 할 수 있는 분들이랑 만나면 좋을 것 같아요.
저는 빵 만들기, 그림 그리는 거 좋아하거든요. 그런 모임에 계신 분들과 교류하면서 이야기하고 싶단 생각이 들었어요.

권코치 서희님께서 좋아하시는 일도 하시고 대화도 하시면서 좋은 인연들이 많이 생기면 좋을 것 같아요. 더 시도하고 싶으신 일이 있을까요?

서희 일단 이렇게 소소하게 시작하다 보면 자연스럽게 될 것 같아요.

권코치 오늘 코칭을 이렇게 마무리하려고 하는데 혹시 더 하고 싶은 말씀이 있으실까요?

서희 제가 그동안 누가 불편하게 한 것도 아닌데 혼자 생각이 너무 많아서 불편해 하고 그랬던 것 같아요.
오늘 이야기를 하다 보니까 아이도 혼자 사회생활 잘하고 굳이 제가 그 자리에 가지 않아도 되는 것 같아요. 그냥 저 혼자 '아이를 위한 거다.'라고 굳이 억지로 가는 게 힘들었던 것 같아요.
그런데 이제 가지 않아도 된다고 생각하는 것만으로도 마음이 편해졌어요. 그렇게 생각한 적은 없었는데 어렸을 때 환경이 갑자기 변했던 게 저한테 좀 크게 자리 잡고 있었단 걸 알아서 신기하기도 하고 후련하기도 하네요.
이제는 상황이 다 바뀌었으니 너무 많은 것을 이것저것 생각하기보다는 제가 좋아하는 거 하면서 스스로 좀 편해질 필요가 있겠다는 생각이 들었어요.

권코치 서희님의 한결 밝아진 목소리를 들으니 저도 마음이 편안해지네요.
저도 응원하겠습니다.

서희 코치님께서 응원해주신다고 하니 정말 힘나네요. 감사합니다.

내 핸드폰에는 여러 그룹의 채팅방이 있다.

어느 날 한 친구가 다른 그룹 채팅방에 있는 대학 동기들이 잘 있는지 안부를 물었다.

순간 멈칫했다.

결혼했는지? 어디 사는지? 아이가 있는지? 어떤 직업을 가지고 사는지?

어떤 것을 말해줘야 하나?

'잘 있느냐'의 기준이 뭘까?

그냥 잘 있다고 하기에는 너무 무성의한 대답인 것 같아 한참을 망설이다 나에게 질문한 그 친구에게 다시 물었다.

잘 있냐고 물었을 때 어떤 대답을 해줘야 하는지 모르겠다고.

그 친구가 다시 물었다.

"다들 건강해?"

"응, 건강해!"

"그럼 그걸로 충분해!"

어디에 산다고 말하면 꼭 지역을 비교하는 것 같은 기분.

결혼 여부를 말해줘야 한다면 '우리 나이쯤엔 결혼을 했을 거야.'라고 무의식적으로라도 생각하는 내가 꼰대가 된 것 같은 기분.

어떤 회사에 다니고 있다거나, 주부라고 내가 말해도 되나 멈칫거리는 건 왜일까?

정작 듣는 이는 아무렇지 않은데,

내 머릿속에 잡초들이 자라 뒤엉켜 있었다.

내 안에 말로 표현할 수 없는 어떤 기준들이 자라났기 때문이란 생각이 문득 든다.

이런 잡초 같은 생각들이 단 두 문장으로 깔끔하게 정리되었다.

"다들 건강하지? 건강하다면 그걸로 충분하다."

당신이 당신 주변에 일어나는 모든 일을 통제할 수는 없다.

그런 일들로 인해서 당신 스스로를 작아지게는 하지 마라.

- 마야 안젤루 -

당신이 가장 당신답게 느껴졌던 순간은 언제인가요? 무엇이 그걸 가능하게 했을까요?

당신이 힘들 때 어떤 응원의 메시지를 받으면 에너지가 생길까요?

부지런하게 살고 싶은 그대에게

"하루면 많은 걸 할 수 있죠."

2011년 개봉된 〈In Time〉이란 영화에 나오는 대사이다. 시간은 곧 돈이고 생명이라는 설정으로 만들어진 영화이다.

영화에서 등장인물들은 25세까지 성장하고 나면 그 모습 그대로 영원히 살 수 있다. 그렇지만 이때부터는 살기 위해서 시간을 사야 한다. 팔에 새겨진 〈카운트 바디 시계〉에 죽음까지 1년의 유예 시간을 제공받는다. 우리가 주로 화폐로 사용하는 '돈'이 아닌 '시간'으로 커피 1잔 4분, 권총 1정 3년, 스포츠카 1대 59년을 거래하는 것이다. 매일 아침 자신의 남은 시간을 확인하고 0초가 되는 순간 삶이 멈춘다는 것을 깨달으며 하루를 시작한다. 사람끼리 손목을 맞잡게 되면 서로 시간을 주고받을 수 있다. 시간을 백만 년이나 가진 갑부가 있는가 하면, 시간이 없는 사람은 그 자리에서 바로 죽는다. 이 영화의 백미는 주인공의 어머니가 시간을 충전하러 가는데 1초가 모자라 숨을 거두는 장면이다. 또 이 영화에서는 시간으로 부익부 빈익빈,

계층 간 갈등이 심화되는 것을 볼 수 있다. 부자들은 본인이 하고 싶은 것을 하며 하루를 여유롭게 때론 헛되게 보낸다. 하지만 가난한 사람은 하루라도 더 살기 위해 시간을 써서 번 돈으로 시간을 사서 하루를 살고 또 돈을 벌고 하루살이 같이 반복되는 삶을 살아간다.

다행히 우리는 노력 없이 매일 24시간을 공평하게 제공받는다.
이제 나는 이 시간을 어떻게 쓸 것인가?

권코치 요즘 제일 많이 느끼는 기분은 어떤 느낌인가요?

혜정 저는 요즘 예민하고, 무기력하고, 화가 자주 나는 것 같아요.

권코치 요즘 기분을 색으로 표현하면 어떤 색이 어울릴까요?

혜정 짙은 회색이 생각나요. 까만색처럼 앞이 안 보이는 정도까지는 아니예요. 그래도 우울한 느낌이 드는 색이에요.

권코치 그렇군요. 그 느낌이 오늘 저와의 대화를 통해서 어떻게 변하면 좋을까요? 그리고 어떤 주제로 이야기를 하고 싶으신가요?

혜정 저는 요즘 너무 무기력하게 살고 있다는 느낌 때문에 힘이 들어요. 이제는 무기력에서 벗어나고 싶다는 생각이 많이 들어서 그 원인을 찾아보고 싶어요.

권코치 무기력에서 벗어난다는 걸 다르게 표현하면 어떻게 할 수 있을까요?

혜정 부지런하게 산다?

권코치 네, 좋아요. 무기력하다고 느낀 최근 경험을 들려주실 수 있나요?

혜정 아이가 5살 인데요. 집에서 미술도 해주고 싶고 학습지도 해주고 싶은데, 다 너무 귀찮아요.

권코치 다 너무 귀찮다는 생각이 드는 원인에는 어떤 게 있을까요?

혜정 제가 휴대폰을 너무 좋아해요.
무의식중에도 휴대폰을 보고 악순환이 자꾸 반복돼요.

권코치 휴대폰을 안 보고 할 수 있는 건 어떤 게 있을까요?

혜정 시간적인 여유가 되면 책을 보고 싶긴 한데, 그럴 시간은 없는 것 같아요.

권코치 하루 일과를 여쭤 봐도 될까요?

혜정 아침 8시쯤 일어나서 9시쯤 아이 등원시키고, 커피 한 잔 마시고, 11시쯤 요가를 하고, 1시쯤 샤워하고, 2시에 아이가 하원을 해요. 2시부터 아이랑 시간을 보내요.

그리고 밤 9시쯤 아이가 잠들면 휴대폰으로 SNS를 하거나 인터넷 쇼핑을 밤 10시에서 12시까지 해요.
보통 그러다 자는 것 같아요. 하하.

권코치 하루 일과 공유해 주셔서 감사합니다.
그런데 마지막에 웃으신 이유를 여쭤봐도 될까요?

혜정 종일 엄청 바쁘고 내 시간이 하나도 없는 것 같은데, 지금 이야기하다 보니 전부 다 제 시간이어서요. 하하.

권코치 그러셨군요. 혹시 지금 이야기하시면서 시간이 없다고 느낀 원인을 찾으셨나요?

혜정 시간을 너무 조각조각내서 쓴 것 같아요.
그리고 할 일이 없을 때마다 아니 할 일이 있어도 휴대폰을 하느라 시간이 다 조각나버린 것 같아요.

권코치 조각난 시간을 어떻게 하면 혜정님께서 원하는 대로 쓸 수 있을까요?

혜정 일단 휴대폰 사용을 팍 줄여야 할 것 같아요.

권코치 휴대폰 사용을 어떻게 하면 줄일 수 있을까요?

혜정 휴대폰이 생각날 때마다 계속 보는 게 아니라 한 곳에 두고 연락을 주고받는 용도로만 써야 할 것 같아요.

권코치 그럼 휴대폰을 하던 시간에는 어떤 것을 할 수 있을까요?

혜정 책을 읽거나 공부를 할 수 있을 것 같아요.

권코치 혹시 어떤 책을 읽고 싶으세요?

혜정 추리소설책을 읽고 싶어요.

권코치 공부는 어떤 공부를 하고 싶으세요?

혜정 영어 공부를 하고 싶어요.

권코치 언제부터 휴대폰 대신 공부와 책을 읽을 수 있을까요?

혜정 내일부터 하면 될 것 같아요.

권코치 내일부터 하면 어떤 점이 달라질까요?

혜정 휴대폰을 종일 하고 다음날이 되면 기억에 남는 건 하나도 없어서 시간만 버린 것 같아 짜증이 많이 났었거든요.
추리소설책을 읽으면 집중하는 재미도 있고, 다음 내용이 궁금해서 내일이 기대될 것 같아요. 영어 공부를 하면 뿌듯하다는 생각이 들어서 좋을 것 같고요.

권코치 처음에 저랑 이야기하실 때 무기력하지 않게 산다는 건 '부지런하게 사는 것'이라고 하셨는데요.
지금 말씀하신 대로 하시면 부지런하게 산다는 느낌이 들 수 있을까요?

혜정 네! 아이도 키우고 영어 공부해서 실력이 향상되면 그럴 것 같아요.

권코치 오늘 저랑 이야기하시면서 새롭게 느끼셨거나 더 나누고 싶은 이야기가 있을까요?

혜정 저는 항상 시간이 없다고 생각했어요.
아이 하원할 때까지 대기조로 있어야 한다는 생각이 무의식중에 있었던 것 같아요. 하지만 이제는 그것도 내 시간이라는 생각으로 어떻게 보내야 할지 고민을 좀 해봐야 할 것 같아요.
그리고 시간이 없는 게 아니라 휴대폰으로 내가 시간을 다 없애고 있었다는 생각이 들어서 좀 놀랬어요.
진짜 휴대폰 그만해야 할 것 같아요. 감사합니다.

권코치 네, 저도 감사합니다. 처음에 이야기를 시작하실 때 짙은 회색이 요즘 기분 색이라고 하셨어요. 지금은 어떤 색인지 여쭤봐도 될까요?

혜정 연한 회색이요. 아까는 검정에 가까운 회색이었는데, 이제는 흰색에 가까운 투명한 회색이에요.

권코치 투명한 회색이 어떤 의미인지 조금 더 구체적으로 이야기해주실 수 있나요?

혜정 아직 맑게 투명하지는 않지만 조금만 더 노력하면 맑아질 것 같은 가능성이 열린 기분이예요.

권코치 우와 가능성이 열린 기분이란 표현 정말 멋지네요.
혜정님 제가 열심히 응원할게요. 언제든 제 도움이 필요하시면 말씀해주세요. 오늘 이렇게 코칭을 마무리 하려고 하는데 괜찮으신가요?

혜정 네, 코치님. 충분해요. 정말 든든하네요. 감사합니다.

'엄마'

'엄마'

'엄마'

쉴새없이 내 이름보다 더 많이 불리는 단어.

아이들에게는 마법의 단어.

저 단어 하나면 웬만한 의식주 포함, 놀이까지 다 해결된다.

"엄마! 엄마!"

마법의 단어가 또 들려온다.

"응? 왜?"

터벅터벅 아이에게 걸어가 물었다.

"엄마 안 불렀는데요?"

어리둥절한 표정으로 아이가 나를 본다. 이제 환청이 들릴 지경이다.

뭘 하더라도 어차피 아이 때문에 맥이 끊어지기 때문에 나는 언젠가부터 맥이 끊어져도 맥이 풀리지 않는 휴대폰을 하며 보내는 시간이 많아졌다. 그러다 보니 모든 삶의 맥이 풀어져 버린 것 같았다. 나는 아이들과 규칙을 정했다.

“엄마 도움이 필요할 때는 엄마가 있는 곳으로 직접 와서 어떤 일인지 이야기해 주는 걸로 하자.”

움직이는 것이 귀찮아서인지 뭔지는 모르겠지만 다행히도 그 뒤로 아이들이 나를 찾는 횟수는 눈에 띄게 줄었다.

스스로도 약속을 정했다.
멍을 때리더라도 휴대폰은 전화가 올 때 빼고는 보지 않기.
할 일 없어도 책상에 앉아 있기.
자연스레 책을 보는 시간이 늘어났다.

아이를 키울 땐 신기한 시간의 늪에 빠지게 된다.

시간이 많은 것 같으면서도 하나도 없고
하루는 엄청 긴데 일년은 정말 짧다.

시간의 늪에 빠지지 않는 장치가 필요하다.

We live, not as we wish, but as we can.

우리는 산다. 우리가 원하는 대로가 아니라, 우리가 할 수 있는 대로.

- 그리스 속담 -

나의 하루 시간을 기록해 보세요.
각각의 행동을 하면서 느껴졌던 기분, 점수와 이유를 적어보세요.
(10점 만점. 예 : 설거지 ; 상쾌함 8점, 엄마와 통화 ; 편안함 9점, 청소 ; 힘듦 3점)

시간	한 일	기 분	점 수	비 고
5				
6				
7				
8				
9				
10				
11				
12				
13				
14				
15				
16				
17				
18				
19				
20				
21				
22				
23				
24				

- 하루 시간표를 보니 어떤 생각이 드나요?

- 표의 시간 중 온전히 나를 위한 시간에는 핑크색을 색칠하면서 응원의 한마디를 남겨 주세요. (ex. 잘했어! / 칭찬해! / 역시, 나야!)

- 만약 핑크색으로 색칠한 시간이 많지 않다면 나를 위한 시간으로 바꿀 수 있는 시간이 있는지 생각해 보세요. 그리고 무엇을 하고 싶은지 적어 주세요.

- 위와 같이 했을 때 어떤 기분일지 상상해 적어 주세요.

아이를 이해하고 도움이 되는 대화를 하고 싶은 그대에게

사람은 나름대로 머릿속에 '틀'을 가지고 있고,

바깥에서 들어오는 어떠한 현상이 자신의 틀과 합치될 때

비로소 '알았다'라고 생각하게 된다.

말을 잘하고 싶은 사람이 되려면

상대방이 가지고 있는 틀과 연결시킬 수 있는 능력을 키우면 된다.

- 하타무라 요타로 《직관수학》 서울문화사-

권코치 요즘 기분을 색으로 표현하면 어떤 색일까요?

인영 제 기분은 여러 가지 색이 혼합되어 있는 것 같아요.

권코치 색이 혼합되어 있는 건 어떤 이유 때문일까요?

인영 일하는 것도 너무 바쁘고, 아이도 봐야 하고 정신이 없어요.

권코치 일도 하면서 아이도 보려면 많이 바쁘시지요.
저도 인영님처럼 일과 양육을 병행하다 보니 정말 이해가 됩니다.

인영 아, 코치님도 아이를 키우면서 일하시는군요. 정말 힘드시죠?

권코치 네! 인영님도 저도 아이 키우면서 일하는 게 참 쉽지 않은 것 같아요.
이렇게 바쁘신 데도 불구하고 시간을 내어주셔서 제가 오늘은 특별히 최선을 더 다해야겠다는 생각이 드네요.
이 귀한 시간에 오늘 저와 어떤 이야기를 나누면 될까요?

인영 저는 아이에게 도움을 주고 싶은데 대화를 하다 보면 자꾸 언성이 높아지니 아이도 저랑 말하는 걸 싫어하게 되고 저도 불편한 상황이 생길까봐 대화하는 걸 꺼리게 되서 속상해요.

권코치 많이 속상하시겠어요. 아이와의 관계를 더 좋게 하고자 이렇게 코칭도 신청하시고 인영님은 정말 노력하는 어머니이신 것 같아요.
존경스럽습니다.

인영 제 아이도 코치님처럼 제 마음을 좀 알아줬으면 좋겠어요.
그런데 무슨 이야기만 하면 잔소리라고 하니 어렵네요.

권코치 아이도 인영님의 마음을 이해해주는 날이 반드시 올꺼라 믿으며 우리 오늘 대화를 시작해보려고 합니다. 오늘 나누고 싶은 이야기를 한 문장으로 정리해주실 수 있을까요?

인영 아이랑 즐겁게 대화하는 방법을 배워서 관계를 좋게 만들고 싶다. 이렇게 하면 될까요?

권코치 네, 좋습니다! 인영님께서 생각하시는 즐거운 대화는 어떤 의미인가요?

인영 서로가 원하는 걸 말해 주고 들어주며 좋은 관계가 될 수 있도록 도와주는 거라고 생각해요.

권코치 인영님은 아이와 어떤 대화를 통해 관계를 형성하고 계신지 나누어주실 수 있나요?

인영 글쎄요. 어떤 대화를 한다기 보다 그냥 아이 행동을 보면서 짐작하고 말하는 것 같아요.

권코치 최근 아이와의 대화 중 가장 어려웠던 경험이 기억나는 게 있으실까요?

인영 지금 아이는 중학생인데 시험에서 100점을 맞지 못했거나 1등을 하지 못하면 울거나 방에 혼자 들어가서 아주 크게 소리를 질러요. 제가 공부가 세상에 전부는 아니니 즐기면서 하라고 위로를 하면 엄마는 내 마음을 모른다고 방에서 나가줬으면 좋겠다고 화를 내더라고요.

권코치 아이가 화를 냈을 때 인영님 마음은 어떠셨나요?

인영 안쓰러워서 위로해 주려고 한 건데 오히려 저한테 더 짜증을 내니 당황스럽더라고요. 화가 나기도 하고 아이와 어떻게 대화를 해야 할지 정말 모르겠어요.

권코치 지금 인영님의 이야기를 들어보니 많이 당황하셨을 것 같아요.
평소 아이는 어떤 성향을 가진 아이인가요?

인영 제 아이는 매년 담임 선생님이 바뀔 때마다 진취적이고 열심히 하는 아이라는 말을 많이 해주셨어요.
제가 보기에도 아이는 정말 열심히 공부하고 노력하는데 결과가 본인 마음에 들지 않으면 쉽게 좌절을 해요.
요즘은 공부 말고도 재미있는 것들이 정말 많고 진로도 다양해졌으니 아이가 지금보다 마음 편히 공부했으면 좋겠어요.
그리고 이제 중학생인데 벌써부터 이러면 고등학교 생활을 어떻게 감당하려고 그러는지 정말 걱정이 많이 되요.

권코치 아이의 진로에 대해서 열려 있으신 어머니라는 생각이 들어요.
인영님의 생각을 아이와 나누어보신 적이 있으신가요?

인영 이렇게 딱 이야기해 준 적은 없지만 아이가 시험을 잘 보지 못해서 속상해 할 때 너는 충분히 노력했고 다른 사람보다 성적이 잘 나오지 않았어도 괜찮다고 자책하지 말라고 이야기해 준 적은 있어요.

권코치 그렇게 말씀하셨을 때 아이의 반응이 어땠나요?

인영 아이는 내가 노력한 걸 엄마가 아는 게 중요한 게 아니라고 하면서 울었어요.
자기는 꼭 1등을 하고 싶었다고 소리를 지르면서요.

권코치 많이 속상하셨겠어요. 그렇게 말하는 아이에게 어떤 말을 해주셨나요?

인영 나는 너를 위로해 주고 싶은데 네가 계속 이렇게 화를 내면 나도 더 이상 말하고 싶지 않다고 했어요.

권코치 그렇게 말씀하시고 인영님의 마음은 어떠셨나요?

인영 오늘 대화는 또 실패했구나. 이제 어쩌지? 라는 생각이 들었어요.

권코치 어떤 부분이 실패라고 생각되셨을까요?

인영 저는 위로해 주고 싶었는데 결국 '나도 너랑 말하기 싫어.'라고 대화가 끝났으니까요.

권코치 대화 점수 10점 만점에 인영님의 대화는 몇 점일까요?

인영 3점 줄 수 있을 것 같아요.

권코치 이상적인 점수는 몇 점일까요?

인영 어려운 건 알지만 이상적인 점수는 당연히 10점이지요.

권코치 아이와 대화를 조금 더 부드럽게 하려고 시도하셨던 것이 혹시 있을까요?

인영 일단 아이 담임 선생님과 상담할 때 학교에서 아이의 모습에 대해 여쭤보고 조언을 받기도 했어요.
그리고 집에서 친구들이랑 통화할 때 어떤 이야기를 하는지 관찰하기도 했어요.

권코치 와! 아이와 관계를 좋게 하기 위해 많은 노력들을 하셨네요.
위에 노력하셨던 것 중에서 가장 효과가 있었던 것은 어떤 것이었을까요?

인영 담임 선생님께서 아이가 리더십도 있고, 친구들이랑 잘 어울린다고 하셔서 안심이 됐어요.
집에서는 말도 잘 안하고 늘 방에서 공부만 하거든요.
아이를 믿고 지켜봐주려고 노력중이예요.

권코치 안심이 되셨다니 정말 다행이네요.
지금까지도 충분히 노력하고 계시지만 앞으로 더 해보면 좋을 시도가 있을까요?

인영 지금 코치님과 이야기를 하면서 아이랑 이야기를 좀 해봐야겠다는 생각이 들었어요.
아이랑 이야기를 잘해보고 싶은데, 정작 아이에게는 1등이 왜 그렇게 중요한지는 안 물어본 것 같아요.

권코치 와! 아이와 이야기해봐야겠다고 생각하신 이유를 나누어주실 수 있나요?

인영 저는 제 입장에서만 공부 말고도 재밌는 일이 많은데, '왜 아직 어린 아이가 저렇게까지 스트레스를 받으며 본인도 힘들고, 가족도 힘들게 하는거지?'라는 원망이 마음에 있었던 것 같아요.
아이 컨디션이 좋을 때 공부를 왜 그렇게 중요하게 생각하는지 이야기를 해봐야겠어요.
결과가 나오고 아이가 속상해서 감정 조절이 안 되는 상태에서 이야기를 하니 대화가 연결이 안 되었던 것 같아요.

권코치 그럼 아이와 언제 이야기를 해볼 수 있을까요?

인영 지금 방학 기간이라 아이가 여유가 좀 있어 보여요.
이번 주에 편하게 이야기를 해보면 될 것 같아요.

권코치 아이와 편하게 이야기 꼭 나누시고 후기도 들려주시면 좋을 것 같아요.
혹시 더 시도해 보고 싶은 게 있을까요?

인영 남편과 이야기를 해보면 좋을 것 같아요.
일단 남편과 아이를 키우는 부분에 대해 이야기를 많이 하면 제 마음도 조금 더 편안해지겠지요?
그러면 아이를 대할 때 조금 더 여유를 가지고 이야기 할 수 있을 것 같아요.

권코치 좋아요. 남편과는 언제 이야기를 하실 수 있나요?

인영 오늘 저녁에 바로 이야기 해볼 수 있을 것 같아요.

권코치 이번 주에 아이 그리고 남편과 이야기를 해보시면 어떤 변화가 있을까요?

인영 아이가 성적에 왜 그렇게 집착하는지 물어보면 아이 입장에서 이야기를 편하게 할 수 있을 것 같아요.
남편에게도 아이가 나와 이야기를 안 하려고 한다 이런 하소연은 그만해야 겠어요.
대신 구체적으로 어떤 부분을 우리가 지원해 주면 되는지 이야기 해야 겠어요. 그러면 지금 보다 훨씬 의미있는 대화를 할 수 있을 것 같아요.

권코치 아이는 이렇게 훌륭한 어머니가 계셔서 정말 좋을 것 같아요. 오늘 대화를 마무리하려고 하는데 혹시 궁금하시거나 새롭게 느끼신 부분이 있을까요?

인영 네, 저는 사실 제가 좋은 엄마라고 생각했어요.
다른 부모들은 다 공부하라고 하는데 '저는 안 해도 된다. 다른 거 하고 싶은 거 찾아도 된다.'라고 말하니까요. 하지만 아이는 제가 이렇게 이야기를 하면 더 화를 냈거든요.
또 선생님, 친구들과는 잘 지내는 모습을 보면서 '왜 나한테만 유독 저렇게 짜증을 많이 내지?'라는 생각에 서운하기도 했었어요.
그런데 저는 아이가 진짜로 원하는 건 물어보지 않고 제 입장에서만 계속 괜찮다고 하니 아이가 더 답답했을 것 같다는 생각이 들었어요. 제가 진작 아이 생각을 물어봤으면 되는 건데 너무 돌아왔다는 생각이 드네요.
이제라도 잘해 봐야겠어요. 오늘 정말 도움이 많이 되었어요.
감사합니다.

권코치 도움이 되셨다고 하시니 저도 정말 감사합니다.

이 사례는 내가 코칭 스터디를 함께 하고 있는 중국인 선생님께서 공유한 사례를 내 스타일대로 재구성한 것이다. 이 코칭 스터디는 우연한 기회에 참여할 수 있었다.

'새해 덕담을 전해 주시니 감사합니다. 워낙 열심히 하셔서 고민하는 시간이 길었다는 것이 믿겨지지 않네요. 석사 2년차인 올해 더 열심히 하시겠다니 반갑고 그 에너지가 잘 퍼져나가도록 응원할게요. 혹시 도움이 필요하시면 연락주세요. 온 가족 모두 복 많이 받으세요. 감사합니다.'

새해 복 많이 받으시라는 안부 문자에 이렇게 정성스런 답장을 보내주신 분은 지난 해 대학원에서 〈코칭 세미나〉 강의를 해주신 오정근 교수님이셨다.

도움이 필요하면 연락 달라는 말씀에 '정말 말씀드려도 되나?' 고민이 잠깐 되었지만 '지금 용기를 내야해!'라는 생각과 함께 답장을 쓰고 있는 나를 발견했다.

'교수님! 코칭 스터디 모임이나 봉사단체를 소개해 주실 수 있는지 궁금해요'

한 시간 후쯤 교수님께 전화가 왔다.

"권 코치님은 모임에서 제일 하고 싶은 게 어떤 거예요?"

"코칭에 관심이 많은 분들과 실제 현장에서 어떤 코칭이 이루어지고 있는지, 또 제가 무엇을 준비하면 좋을지 이야기 할 수 있는 기회가 있었으면 좋겠어요."

"지금 코칭과 관련해 하고 있는 일들이 있나요?"

"제가 지난 해 라이프 코칭했던 사례를 정리해서 책을 쓰고 있어요."

"책을 쓰고 있다니 대단하네요!"

"대단하지는 않아요. 교수님께서 제 원고 보시면 웃으실 거 같아요.
혹시 교수님 제 원고를 한번 읽어 보시겠어요?"

"그럼 제가 영광이지요."

원고를 코칭 전문가에게 보여준 적이 없어 부끄러웠다. 그렇지만 내가 뭘 하고 싶은 지 먼저 물어봐 주시고 정성껏 들어주시는 교수님께는 보여드리고 싶다는 생각이 들었다. 통화 후 교수님께서는 마침 내가 지난 해 관심 있게 봐두었던 모임을 추천해 주셨고 원고에 대한 감상과 조언을 해주셨다. 그리고 말미에 코칭 스터디를 해보자는 감사한 제안을 해주셨다. 그렇게 나는 스터디를 통해 중국인 선생님께서 나눠주신 이 사례를 접할 수 있었다.

'국적이 달라도 부모로서 고민하는 부분은 다 비슷하구나.'라는 생각이 들어서 스터디가 매회 진행될수록 흥미로운 시간이었다. 이 책에 실린 내용은 코칭 스터디를 하기 전에 진행된 코칭 사례들이다. 코칭스터디를 진행하고 아는게 많아질수록 책 내용을 전문 코칭스킬에 맞추어 수정해야하나 고민이 많아졌지만, 이 책의 목적은 코칭 스킬을 다루기 위한 책이 아니라 좋은 엄마, 행복한 내가 되기 위해 함께 고민한 방법을 나누는 것에 의미를 두기로 했기 때문에 새롭게 편집하기보다는 최대한 실제 대화 내용 그대로 싣기로 결정하였다.

교수님께서는 항상 대화를 시작할 때 내가 어떤 생각으로 그것을 하고 싶은지 질문 한 후 조언이 아닌 스스로 생각을 정리할 수 있도록 기회를 주셨다.

대화는 내가 하고 싶은 이야기를 상대방에게 하는 것이 아니라, 상대방이 하고 싶은 이야기를 할 수 있는 시간을 충분히 주고 생각을 공유할 때 서로에게 의미있고 함께 성장할 수 있는 시간이 된다.

세상이 좋아하라고 하는 것을 그대로 받아들이기 보다

네가 무엇을 좋아하는지 아는 것이 네 영혼을 살아있게 한다.

- 로버트 루이스 스티븐슨 -

누군가 나에게 이런 걸 물어봐주면 좋겠다는 생각이 든 적이 있으셨나요?
오늘이 그 날입니다. 어떤 질문을 받고 싶으신가요?

그 질문에 대해 당신은 어떤 말씀을 하고 싶으신가요?

질문에 대한 답변을 하고 난 지금, 어떤 기분이신가요?

임창정의 〈소주 한 잔〉

코로나19로 아이들과 집에 있는 시간이 많아지면서 아이들과 재미있게 놀 수 있는 게 뭐 없을까 고민하다 얼마 전 블루투스 마이크를 샀다. 노래방 어플을 깔고 아이들과 신나게 노래를 불렀다. 한참 흥이 올랐을 때 남편이 퇴근했고, 처음엔 멋쩍어하던 남편이 아이들의 성화에 선곡한 노래는 임창정의 〈소주 한 잔〉이었다. 제법 진지하게 부르는 남편의 노래에 눈물이 쏟아졌다. 이유도 모르는 눈물이 갑자기 터져 당황스러워 허둥지둥하고 있는 동안 머릿속에 몇 해 전 돌아가신 아빠 얼굴이 스쳐 지나갔다. 평소에 아빠와의 추억이 많지 않아서 아빠가 생각나는 경우가 별로 없는데, 이게 무슨 일인가 싶을 정도로 눈물이 멈추질 않았다. 사고로 장애인이 되셨던 아빠 나이가 지금 내 나이 39살. 이맘때인 것 같다.

내가 초등학교 5학년, 아빠는 일을 하시다 사고가 나서 다리 한쪽을 절단하는 수술을 세차례나 하였다. 그때 나는 아빠는 어른이니까 정말 한 치의 의심 없이 감당할 수 있을 거라고 생각했다. 어른이면 감당하지 못할 몫의 어려움은 없을 거라고 말이다. 나는 어린 나이에 장애를 가진 아빠의 딸로 살아야하는 내가 더 안타까웠던 것 같다. 그때는 내가 이런 생각을 하고 있는 줄 몰랐다. 이번에 아이들 아빠가 노래 부르는 모습을 보면서 '어쩌면 내가 그런 생각을 했었나 보다'라는 생각이 들었다. 20년도 훨씬 더 넘은 지금에서야 장애인이 된 후 나약해진 아빠의 딸로 살아야하는 나에 대한 연민이 너무 커서 아빠의 절망과 좌절, 두려움을 모른 척 했었던 것을 알게 되었다.

나는 아직도 혼란스럽다. 초등학교에 다닐 때보다 지금 세상을 살아가는 일이 더 무섭다고 말하는 게 맞을 것 같다.

아이는 어떻게 키워야 하는 건지.
나는 어떻게 살아야하는 건지.
지금 이렇게 사는 게 맞는 건지.

어른이 되면 저절로 알 수 있을 거라고 생각했는데
내가 마음만 먹으면 다 할 수 있을 거라고 생각했는데
저절로 알아지기는커녕
더 복잡하고, 무섭고, 어렵기만 하다.

이렇게 건강하고 눈에 넣어도 아프지 않을 예쁜 아이도 둘이나 있고
성실하고 가정적인 남편도 있는데 왜 나는 더 무서운 걸까.

문득 지켜야 할 게 너무 많아서란 생각이 들었다.
아빠도 두려웠을 거라는 생각을 이제야 하다니
아빠 지금 그대로 괜찮다고 충분하다고 한 마디만 해드렸으면,
따뜻하게 눈 맞춤 한번 했더라면. 있는 힘껏 한 번 안아드렸으면.
그렇게 힘들어하시지 않았을 것이다.
'아빠가 이렇게 나약한 모습으로 나를 어떻게 지켜주겠다는 건가.
왜 나를 기댈 곳도 없는 애로 만들어버렸나.'
라는 원망의 눈빛으로 아빠를 바라 봤던 것 같다.
자식에게서 느껴지는 차가움이 어쩌면 아빠를 더 힘들게 만들었을 거라는 생각이 드니 한번 터진 눈물은 도무지 멈춰지지 않았던 것이었다.

우리 아빠는 정말 노래를 못 부르셨다. 음치, 박치 노래를 못 부르기 위해 갖추어야 할 모든 조건을 완벽하게 갖추고 계셨었다. 아이러니하게도 오늘 남편이 노래를 부르는 모습에 아빠 생각이 났고 눈물이 났다.

내 남편도 우리 아빠처럼 어깨가 무거울까.

남편은 나의 눈빛을 어떻게 느끼고 있을까.

'술이 한 잔 생각나는 밤 같이 있는 것 같아요.

그 좋았던 시절들 이젠 모두 한숨만 되네요.

떠나는 그대 얼굴이 혹시 울지나 않을까 나 먼저 돌아섰죠.

그때부터 그리워요. 사람이 변하는 걸요. 다시 전보다 그댈 원해요.

…….

여보세요. 나야 거기 잘 지내니 여보세요 왜 말 안하니 울고 있니 내가 오랜만이라서 사랑하는 사람이라서 그대 소중한 마음 밀쳐낸 이기적인 그때의 나에게 그대를 다시 불러오라고 미친 듯이 외쳤어. 떠나는 그대 얼굴이 마치 처음과 같아서 나 눈물이 났어요. 그때부터 그리워요. 사람이 변하는 걸요, 다시 전보다 그댈 원해요.'

아빠는 가족과 함께 살았지만 소주 한 잔에 의지하며 삶을 버텨내셨다.

내가 아빠를 두 손으로 끌어안은 것은 아빠가 돌아가시고 염을 하던 마지막 순간이었다.

차갑게 굳어버린 아빠를 꼭 껴안고 그때서야 말했다.

“아빠 많이 외로웠지요? 그 곳에서는 부디 아프지 말고 건강히 잘 지내요.
 내가 너무 늦게 말해서 미안해요. 사랑해. 내가 많이 사랑해.
 아빠 잘 가요. 잘 가요. 잘 가요.
 아니.. 가지마요...... 가지마..”

오늘 내 앞에 내 아이들의 아빠가 임창정의 소주 한 잔을 열창하고 있다.
나는 남편과 가끔 소주 한 잔을 부딪히며 마주보고 이야기하는 시간이 참 좋다.
예전에 그렇게 쓴 맛만 나던 소주가 이제는 달다.
이 사람 덕분이라는 것을 나는 안다.
아이들의 아빠는 외롭지 않게 내가 따뜻하게 지킬 것이다.

소주 한 잔 같이 하며.

|부록|

인생 계획서

이 책을 쓰면서 흥미로운 생각이 들었다.

고객들이 나와 코칭 시간에 나눈 이야기 주제는 하나였지만, 살아가면서 여기 있는 대부분의 주제에 대해서 한 번쯤은 다 고민해 보지 않았을까?

이런 고민이 끊임없이 생기는 이유는 무엇일까?

그것은 아마도 '잘' 살고 싶기 때문이 아닐까?

내가 생각하는 '잘살다'란 마음과 몸이 모두 편안한 상태이다.

우리가 영화를 볼 때 결말을 미리 알고 보면 조금 시시하긴 하지만 상황별로 크게 동요하거나 놀라지 않는다. 지금 이렇더라도 결론이 어떻게 될지 아니까. 물론 그 상황 자체를 즐기며 쫄깃쫄깃하게 보기 위해 스포일러를 싫어하는 사람이 있다는 것도 안다.

그것은 성향 차이니까 본인이 마음 가는 대로 하면 될 것이다. 나는 드라마를 봐도 몰아서 한꺼번에 보는 것을 좋아한다. 영화도 이 영화의 결말이 해피엔딩 또는 새드엔딩인지 정도는 알고 마음의 준비를 하고 보는 것을 좋아한다. 그래서 내 인생도 앞으로 어떻게 펼쳐질지 대략적인 내용을 알고 산다면 더 알차게 살 수 있을 것 같다는 생각을 종종 했었다.

그러던 중 대학원에서 〈미래학습 생애 설계〉라는 과목을 만났다. 코로나19라는 미로에 갇혀 길을 헤매던 중 미래에 대한 공부를 하다 보니 내가 지금 이렇게 살고 있을 때가 아니라는 생각이 들었다.

초등학교에 다니던 시절 《2020년 우주의 원더키디》라는 만화가 있었다. 그 때만 해도 내가 2020년을 살게 되리라는 생각을 전혀 하지 못했다. 그런데 지금 그저 먼 미래라고만 생각했던 2020년 너머에 살고 있을 뿐만 아니라 내가 모르는 또 다른 미래가 성큼성큼 다가오고 있다고 생각하니 온몸에 소름이 돋았다.

학기 과제 중에 미래 설계를 위한 인생계획서 제출이 있었다. 처음에는 지금 당장도 모르겠는데 인생계획서라니 암담하기만 했다. 그런데 첫 페이지를 작성하면서 쏟아지는 눈물을 멈출 수가 없었다. 그저 맨 위 칸에 엄마

이름을 쓰고 연도별로 나이를 썼을 뿐이었는데 이렇게 펑펑 울게 될 것이라고는 전혀 예상하지 못했기에 당황스러웠다. 이때부터 나는 과제를 위한 인생계획서가 아닌 나를 위한 인생계획서를 진지하게 작성하였다.

그리고 이 소중한 경험을 이 책을 읽는 분들과 함께하고 싶었다. 그래서 인생계획서 양식을 내 책에 담아도 되는지 강의 주교재로 사용했던 《미래학 미래경영》의 저자 이주헌 교수님께 내 인생계획서와 책을 집필하고 있다는 내용을 이메일로 보내드리게 되었다.

내 책에 어떤 내용을 담기 위해 누군가에게 연락을 취해 보는 것이 처음이라 '답장이 오기는 할까?' 궁금하기도 하고 긴장도 되었다. 그런데 어머나! 그날 밤, 교수님께서는 '전공 서적으로 쓰여진 내용이기 때문에 다소 난해할 수 있으니 일반인이 조금 더 쉽게 작성할 수 있는 팁까지 세세하게 제공하면 좋겠다.'는 조언과 함께 책 쓰기를 응원한다는 애정이 가득 담긴 답장을 보내주셨다. 그리고 궁금한 부분은 언제든 물어봐도 좋고 연구실에 직접 방문해도 된다는 정말 반가운 답장이었다.

얼마 후 나는 최종 원고를 마치고 인생계획서 양식을 다듬어 저자의 친필 싸인도 받을 겸 교수님을 찾아뵈러 갔다. 같은 관심사를 가진 덕분이었는지 교수님과의 대화는 즐거웠고 편안했다.

특히 인생계획서와 관련된 재미있는 일화를 말씀해 주신 것이 기억에 남는다. 오래 전 교수님은 미국 유학 시절 박사학위를 받은 선배 한 분이 이사 간 후 그 집이 비어 몇 달 살게 되었다고 하셨다. 선배가 이사가고 텅 빈 집에 들어간 첫날, 바닥에 뒹굴던 종이 한 장을 발견하셨는데 그 종이에는 선배가 작성했던 인생계획서가 그려져 있어 유심히 살펴보셨다고 한다.

그 후 국내 대기업의 CEO까지 오른 그 선배의 인생이 인생계획서와 너무도 일치하여 세월이 지나면서 그 선배 소식을 들을 때마다 무척 놀랐다고 하셨다. 그게 무려 35년 전 일이었는데 미래 경영학책을 집필하면서 그 때 그 기억이 다시 떠올라 흥미로웠다는 것이다.

한 시간 반 가량의 짧은 시간 동안 교수님께서는 '지금' 내가 행복한지 여러 번 물으셨고, 항상 '현재'에 충실하며 살라고 강조하셨다. 미래학 책을 쓰셨지만 현재를 절대 흘려보내서는 안 된다고 재차 강조하시며, 미래는 예측 불가능하지만 원하는 미래는 현재의 노력으로 만들 수 있다고 하셨다. 인생계획서가 개인의 행복한 미래를 창조하는 청사진이 될 수 있다는 말씀은 정말 인상적이었다.

시간가는 줄 모르고 대화에 빠져 있다가 내가 민소 하교 시간에 맞추어 돌아와야 했기 때문에 허둥지둥 버스를 향해 전속력으로 뛰느라 교수님께 인사도 제대로 못 드리고 헤어지고 말았다. 그렇지만 그 짧은 대화 시간은 어느 때보다 큰 울림이 있었다.

털썩!

버스에 앉는 순간! 시간 여행에서 튕겨 나온 느낌이었다. 책 쓰기를 하지 않았다면 내가 좋아하는 책의 저자를 직접 만나 함께 이야기 나누는 일은 일어나지 않을 일이었다. 책 쓰기를 참 잘했다는 생각이 들었다.

나를 현재의 복잡한 미로 속에서 설레는 미래로 데려다 준 그 인생계획서 양식을 이곳에서 나누려고 한다. 3박 4일 해외 여행을 떠날 때도 다시 오지 않을 시간을 최고로 보내기 위해 몇 날 며칠을 온갖 책자와 인터넷을 찾고 지인에게 정보를 구하며 고민한다. 하물며 내가 몇십 년, 어쩌면 100년 넘게 살아야 하는 삶에 대해 계획을 여태 세우지 않고 그냥 살았다는 것이 나 스스로에게 너무 미안하지 않은가? 나에게 조금 더 친절해지자. 인생계획서를 통해 무언가에 매인 삶 말고, 내 인생의 메인이 되기 위한 첫걸음이 시작되길 간절히 바란다. 그럼 내 인생이 어디로 가는지도 모른 채 끌려가는 것이 아니라 주위를 살피며 내가 주도하는 삶을 누릴 수 있을 것이다.

이제 여기에 구체적인 인생 설계 방법을 소개한다. 나에게 인생계획서가 큰 도움을 준 것처럼 독자들에게도 도움이 되기를 바라는 간절한 마음으로

〈미래학 미래경영〉 책을 바탕으로 쉽게 재구성하였다. 약간은 딱딱하지만 인생 역시 마냥 편하고 즐거운 것만은 아니지 않던가. 인생계획서를 완성한다면 삶을 살아가는 데 큰 힘이 되어줄 것임을 알기에 꼭 작성해보기를 강력히 추천한다.

나 자신과 내가 처한 상황에 대한 자가 진단

나는 과연 누구인가. 나는 왜 살고 있나. 나의 꿈은 무엇이었던가.

내 삶의 가치는 무엇인가. 인생계획서는 먼저 자신을 발견함으로 시작한다.

나는 '행복'을 어떻게 정의할까. 나의 장단점은 무엇인가. 나는 성공적인 삶을 살고 있는 것인가. 내가 바라는 나의 미래 모습은 무엇일까.

10년 후, 20년 후, 30년 후의 목표는 무엇일까.

다음 양식들을 이용하여 나를 알아보자.

1. 나와 내 가족의 나이?

나와 내 가족은 언제 몇 살이 될까? 칸을 채운 후 곰곰이 살펴보자.

연도	나					
2021						
2026						
2031						
2036						
2041						
2046						
2051						
2056						
2061						
2066						
2071						
2076						
2081						
2086						
2091						
2096						
2101						

2. 나와 내 가족에게 일어날 예상되는 사건들

인생은 크고 작은 사건들의 연속이다. 이 사건들이 인생을 만든다. 어떤 사건들이 어느 삶의 단계에 나타날 가능성이 많고 그 사건들이 얼마나 남은 인생에 영향을 미칠 것인가를 따져보는 것은 중요하다.

아래 표는 삶의 단계별로 발생할 사건들의 예를 제시한다.

삶의 단계	흔히 발생하는 사건들	삶에 영향력이 큰 사건들
유아기	배움, 걸음, 말, 작은 병	심각한 병
어린이	수업, 상장, 작은 부상, 작은 병	심각한 병, 왕따, 부모의 이혼
청소년 (10대)	학교, 시험, 대학 선택, 사춘기, 감정, 섹스, 성장, 첫사랑, 첫이별, 운전, 위험한 언행	사고, 심각한 부상, 체포 · 구속, 임신, 부모의 이혼, 부모나 친구의 죽음
청년기 (20대)	직장생활 시작, 독립생활, 결혼, 첫 애	사고, 자식의 병이나 사고, 퇴사, 직업 변경
어른 (30대)	승진, 직장에서의 압력, 가정의 행복, 자녀	재정적 압박, 이혼, 퇴사 · 해직, 직장 변경
중장년 (4050세대)	갱년기 때의 임신, 노화 신호, 빈집, 부모의 은퇴, 성과에 대한 인정, 가장 높은 수입, 저축	손자 · 손녀, 자신이나 배우자의 만성질환, 부모의 병환과 사망, 범죄의 피해, 무직, 이혼
독립적 노인 (60대 이상)	은퇴 대상, 연금, 의료보험, 자유시간, 이사, 새 친구, 여행, 자녀들의 문제, 손자 · 손녀	은퇴, 역할의 변화, 손자 · 손녀, 심각한 병환, 배우자의 사망, 운전 중단, 심각한 병 치유 · 회복
연약한 노인	노쇠허약, 인지불감, 낙상 위험, 사기당할 가능성, 범죄 피해	낙상, 부상, 간호 받는 삶
의지해야 하는 노인	활동 축소, 치료	다른 사람에게 의존하는 삶, 삶의 통제력 상실, 요양원

나와 내 가족에게 어떤 사건들이 발생할까? 아래 표를 채우며 예상해 보자.

누구?	2021~2030	2031~2040	2041~2050	2051~
나				

3. 나의 가치관

가치는 자신에게 우선시되는 것으로 키우고자 애쓰는 특성과 자질이다.

아래 표에 적힌 14개의 인생 가치에 우선 순위를 정하고 나의 존재의미를 새기도록 하자.

인생의 가치		설 명	우선순위
1	성취	일의 완수에서 오는 보람	
2	탐미	아름다움 그 자체를 즐김	
3	봉사	상대방을 이롭게 하는 것에 대한 관심	
4	자주	자기해결능력, 의사결정의 독립성	
5	창의	상상력의 개발을 통한 문제해결, 변화지향적 사고	
6	감성	마음과 감정이 풍요로운 상태	
7	건강	신체의 상태	
8	정직	행위의 공정성	
9	정의	진리에 서는 것	
10	기술	자신의 지식을 효과적으로 사용하는 능력	
11	사랑	애정, 비이기주의적 감정	
12	지식	전문성	
13	부유	물질을 많이 소유함	
14	지혜	통찰력, 판단력	

4. 나의 행복관

나는 무엇을 얻었을 때 행복할까. 아래 표에 적힌 행복 요인 20개 중에서 7개만 선택해보자.

행복 요인		설명	우선순위 (1~7위 선택)
1	결혼	만족스러운 결혼	
2	개인적 자율성	원하는 것을 할 수 있는 자유	
3	권력	나라의 운명을 좌우할 수 있는 기회	
4	우정	친구의 존경과 사랑	
5	정서적 안정	삶을 긍정적으로 볼 수 있는 완전한 자신감	
6	가정	행복한 가족관계	
7	용모	세상에서 가장 매력 있는 사람으로서 인정받음	
8	건강	병 없이 오래 사는 것	
9	지식	석사 박사 학위	
10	종교	만족스러운 종교적 신앙	
11	안정	일생 동안의 좋은 주거환경과 경제적 안정	
12	정의	편견 없는 세상	
13	애타심	질병과 궁핍을 제거하는 봉사 기회	
14	명성	국내외적 명성과 인기	
15	쾌락	본능을 즐길 수 있는 기회	
16	지혜	삶의 의미와 방식에 대한 이해	
17	정직	부정과 속임이 없는 세상	
18	사랑	진정한 사랑의 감정을 나누는 관계	
19	직업적 자율성	직장에서의 자유	
20	직업적 성취	선택한 직업에서의 성공	

5. 사명선언문

나는 왜 태어났나. 내 삶의 사명은 무엇일까. 사명이란 맡겨진 임무이다. 개인의 '사명선언문(mission statement)'은 내가 왜 무엇을 위해 태어났고 또 앞으로 남은 미래를 어디에 가치를 두고 살아갈 것인가를 스스로 정의한 문장을 말한다. '이것이 바로나다.'라는 확고 부동한 사명선언문을 가지게 되면 스스로 강력한 추진력을 느끼며 두려움 없는 의사결정을 쉽고 빨리 할 수 있다고 했다. 삶의 목표가 뚜렷해져서 정말 자신감이 넘치고 판단력도 좋아지고 용기를 가질 수 있다는 것이다. 사명선언문을 만들고 가슴에 새기며 삶을 살아가면 미래가 달라질 수 있다는 점이 바로 인생설계와 사명선언문이 직결되는 이유이다.

사명선언문은 중학생 정도면 이해하고 암기할 수 있을 만큼 쉬운 문장이어야 한다. 명상을 한 후 아래와 같은 틀에 맞춰 작성하면 된다.

> "나, 이름 의 사명은 ① 대상(나를 가장 매료시키는 집단/단체)을(를) 위하여/과(와) 함께 ② 핵심가치 을(를) ③ 동사 1 , 동사 2 , 동사 3 (동사 1~3개) 하는 것이다."

①은 누군가를 돕기 위해 존재하기 때문이다(환경 · 교회 · 건강 · 교육 · 국민 · 방송 · 예술 · 스포츠 · 비즈니스 등).

②는 죽을 때까지 간직하고 심지어는 그것을 위해 희생할 수도 있는 원리 · 원인 · 가치 · 목적이다(기쁨 · 봉사 · 정의 · 가족 · 창조성 · 자유 · 평등 · 신념 · 탁월함 등).

③은 모든 사명에는 행동이 따라야 하는데 그 행동을 나타내는 단어들이다(가르치다 · 만들다 · 구축하다 · 공유하다 · 경쟁하다 · 개선하다 · 감상하다 · 감독하다 · 발견하다 · 보호하다 · 사랑하다 · 약속하다 · 생산하다 · 이해하다 · 인도하다 · 참여하다 · 창조하다 · 추구하다 · 협력하다 등).

자, 앞서 작성했던 가치관을 떠올리며 한 줄로 나의 사명선언문을 작성해 보자. 그리고 하루 중 본인이 가장 많이 보는 장소에 붙여두자. 당신이 이미 그러한 사람인것처럼 진심을 다해 3번 이상 큰 소리로 반복해서 읽으며 하루를 시작하자. 당신의 삶이 끝나는 날, 그 사명선언문은 당신에게 어떤 선물을 해주었을지 끊임없이 상상해보자.

20년 후의 바람직한 자신의 모습을 상상하기 위해 아래 질문에 답한다.

비전 | 20년 후, 어떤 사람이 되길 원하는가?

목표 | 그 사람이 되려면 어떻게 하면 되는가? 무슨 단계를 거쳐야 하나?

미래상이 그려지면 장단기 실행 목표를 설정한다. 아래 양식을 채워보자.

목표 시점	비전 혹은 목표
비전(20년 후의 모습)	
중장기 목표(5~10년)	
단기 목표(1~3년)	

7. 나는 어떤 활동에 얼마나 시간을 쏟고 있나

삶의 어떤 영역에 시간을 쏟고 있나. 우선 순위를 알고 있나. 의미있는 활동인가. 나를 위함인가, 남을 위함인가. 시간 배열은 적절한가. 훗날 한 거 없이 시간이 흘러갔다고 후회하지는 않을까.

아래 표를 천천히 생각하면서 적어보고 나를 이해하는 시간을 가져보자.

삶의 영역 (인생 프로세스)	우선 순위	할애하는 시간 (☑)				
		너무 부족	부족	적당	많음	과다함
경제적 활동과 재무 목표(돈)						
직장 및 봉사활동						
건강과 운동						
가정과 가족관계						
취미활동 및 여가생활						
시회생활과 우정 나누기						
자기계발과 영적 성장						
사랑과 인연 맺기						
학업과 취업준비						
기타 ( )						

8. 과거와 미래의 내 삶의 질은

나는 잘 살아 왔나. 이 상태를 지속해도 될까. 삶의 영역별로 내 과거의 삶의 질을 평가하고 미래의 전망되는 삶의 질을 전망해 보자(각 영역별 그림 그리는 방법은 아래 예와 같음).

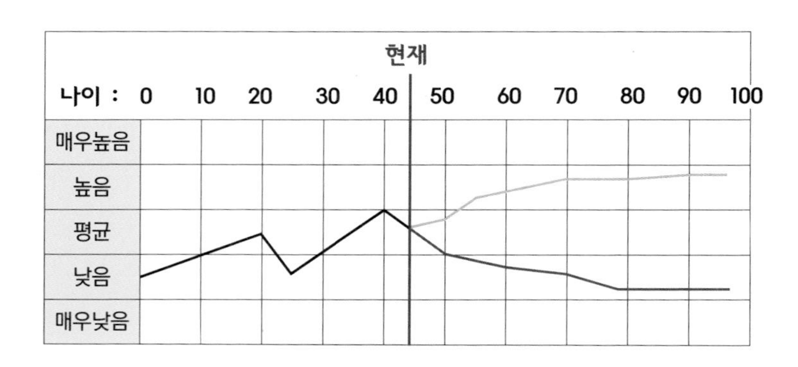

삶의 영역 (인생 프로세스)	삶의 질(나이대 별)										
	나이 : 0	10	20	30	40	50	60	70	80	90	100
가정과 가족관계	매우높음										
	높음										
	평균										
	낮음										
	매우낮음										

삶의 영역 (인생 프로세스)	삶의 질(나이대 별) 나이 : 0 10 20 30 40 50 60 70 80 90 100										
직장 및 봉사활동	매우높음										
	높음										
	평균										
	낮음										
	매우낮음										
건강과 운동	매우높음										
	높음										
	평균										
	낮음										
	매우낮음										
학업과 취업준비	매우높음										
	높음										
	평균										
	낮음										
	매우낮음										
취미활동 및 여가생활	매우높음										
	높음										
	평균										
	낮음										
	매우낮음										

삶의 영역 (인생 프로세스)	삶의 질(나이대 별)										
	나이 : 0	10	20	30	40	50	60	70	80	90	100
사회생활과 우정 나누기	매우높음										
	높음										
	평균										
	낮음										
	매우낮음										
자기계발과 영적 성장	매우높음										
	높음										
	평균										
	낮음										
	매우낮음										
사랑과 인연 맺기	매우높음										
	높음										
	평균										
	낮음										
	매우낮음										
경제적 활동과 재무 목표	매우높음										
	높음										
	평균										
	낮음										
	매우낮음										

8. 나의 역량평가를 위한 SWOT 분석

자신의 지능과 장점을 최대한 발휘하면 밝은 미래의 길로 걷게 된다. 마찬가지로, 자신의 단점을 알고 극복하는 방법을 깨우치면 문제를 접할 가능성이 줄어든다. SWOT기법은 개인의 역량 평가와 이에 따른 대응 방안을 강구하는 데 유익한 기법이다.

나에 대한 SWOT분석을 위해 아래 양식을 사용해 보자.

강점 Strengths » 나는 무엇을 잘 하나? » 내가 갖고 있는 특별한 여건은? » 다른 사람들이 평가하는 나의 장점은?	**약점** Weaknesses » 나의 부족한 면은? » 다른 사람들에 비해 불리한 여건은? » 다른 사람들이 평가하는 나의 약점은?
기회 Opportunities » 앞으로 나에게 무슨 기회가 있을까? » 내가 활용할 수 있는 변화의 추이는 무엇인가? » 나의 장점을 어떻게 기회로 바꿀 수 있나?	**위협** Threats » 무슨 요인들이 나를 위태롭게 만들 수 있을까? » 다른 사람들, 특히 나의 경쟁자들은 어떻게 대처하고 있나? » 나의 어떤 단점들이 나를 힘들게 할까?

미래를 위한 인생 설계

자가진단으로 자신을 알게 되었다면 이제 아래 절차를 이해하고 남은 인생을 설계해 보자.

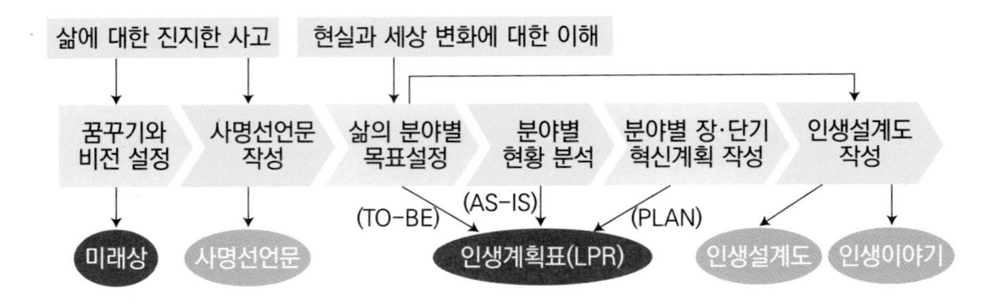

♣ 삶에 대한 진지한 사고 : 삶의 의미를 찾고 삶의 목적을 세우는 것이다. 탄생과 죽음은 어떤 의미를 지니는지, 무엇을 위해 어떤 삶을 살아야 하는지, 어떻게 사는 것이 가치 있는 삶인지 등에 대해 깊이 명상하는 시간을 갖는다. 앞선 자가진단 과정이 이에 해당된다.

♣ 꿈꾸기와 비전 설정 : 내가 살아가며 이루고자 하는 가시적인 미래상을 정한다. 10년 후, 20년 후, 또는 노후의 나의 미래 모습을 상상하고 한 문장으로 비전을 쓴다. 자신이 생각하는 인생의 행복과 성공이 무엇인지가 반영되어야 한다.

✣ 사명선언문 작성 : 가치관을 기반으로, 나의 존재의 이유를 한 문장으로 작성한다. 나의 판단과 행동에 확신과 정당성을 부여하고 이를 위해서 무엇을 누구에게 어떻게 어떤 결과를 가져오는지 분명하게 알 수 있어야 한다.

예를 들어, '나의 사명은, 미래가 불안한 청년들의 목소리에 귀 기울이고 삶의 지혜를 나눠 건강한 사회를 건설하는데 이바지함이다' 식이다 (5. 사명선언문 참고).

✣ 현실과 세상변화에 대한 이해 : 구체적인 목표를 설정하기 전에, 현재 처한 다양한 환경을 이해하고 또한 시사상식과 독서와 교육을 통해 배운 세상과 주변(사회 · 정치 · 과학기술 등)의 변화에 대해 통찰하는 시간을 갖는다.

✣ 현황(as-is) 분석 : 과거를 회상 · 반성하고 각 분야별로 현재 잘하고 있는 것과 부족한 것을 직장 · 학업, 건강과 운동, 가족관계, 취미 및 여가생활, 사회생활과 우정, 영적 성장과 자기계발, 사랑과 인연, 그리고 경제활동 등 각 삶의 영역별로 2~3개씩만 파악한다.

✣ 분야별 목표(to-be) 설정 : 비전을 이루기 위해 반드시 달성해야 할 목표를 삶의 영역별로 설정한다. 각 영역별로 2~3개씩만 요약하여 인생계획표에 정리한다.

- 혁신계획(plan) 작성 : 삶을 혁신적으로 바꿔 미래를 개척하기 위해 현재(as-is)에서 목표(to-be)지점으로 나아가기 위한 구체적인 실행계획을 각 영역별로 2~3개씩만 작성한다. 이 계획이 인생을 바꾸는 인생프로세스 리엔지니어링(LPR/life process re-engineering)이다.
- 인생설계도 작성 : 비전을 달성하기까지의 2년, 5년, 10년, 20년, 노후 등 시간대별로 실행 계획의 중간지점들을 포함시켜 한 장의 그림으로 그린다. 그림의 형식은 연령대별 로드맵, 지하철노선, 표, 인포그래픽 등 창의성을 발휘하면 좋다.
- 인생이야기 작성 : 비전과 사명선언문과 인생설계도를 토대로 '나의 인생이야기'를 짧은 수필로 작성한다. 단, 가까운 사람과 공유할 수 있다는 가정 하에, 감동과 신뢰를 담은 내용이어야 한다. 셀카로 찍은 3~5분 분량의 동영상도 추천한다.

[양식] 행복한 미래를 위한 ________ 의 인생 설계

작성 : ______ 년 ___ 월 ___ 일

♱ ______ 년 후 미래의 비전 (미래상) 미래의 바라는 모습을 자유롭게 한 줄로 작성

♱ 사명선언문 (삶의 존재 이유) '나의 사명은 ______ 을 위해 ______ 을 ______ , ______ 하는 것이다' 식의 형식 준수

♱ 인생계획표(LPR: 인생 프로세스 리엔지니어링)

삶의 영역 (인생 프로세스)	진단 및 반성을 통한 과거 · 현재 분석 (AS-IS 진단)	비전 실현을 위한 미래목표 (TO-BE 설정)	목표 달성을 위한 미래창조 활동계획 (현재→미래 혁신 PLAN)
가정과 가족관계	» » »	» » »	» » »
직장 및 봉사활동	» » »	» » »	» » »

건강과 운동	» » »	» » »	» » »
취미활동 및 여가생활	» » »	» » »	» » »
시회생활과 우정 나누기	» » »	» » »	» » »
자기계발과 영적 성장	» » »	» » »	» » »
경제적 활동과 재무 목표(돈)	» » »	» » »	» » »

✤ 인생설계도 (그림이나 로드맵을 자유롭게 그림)

✢ 인생계획서를 바탕으로 나의 인생이야기를 적어 보세요.

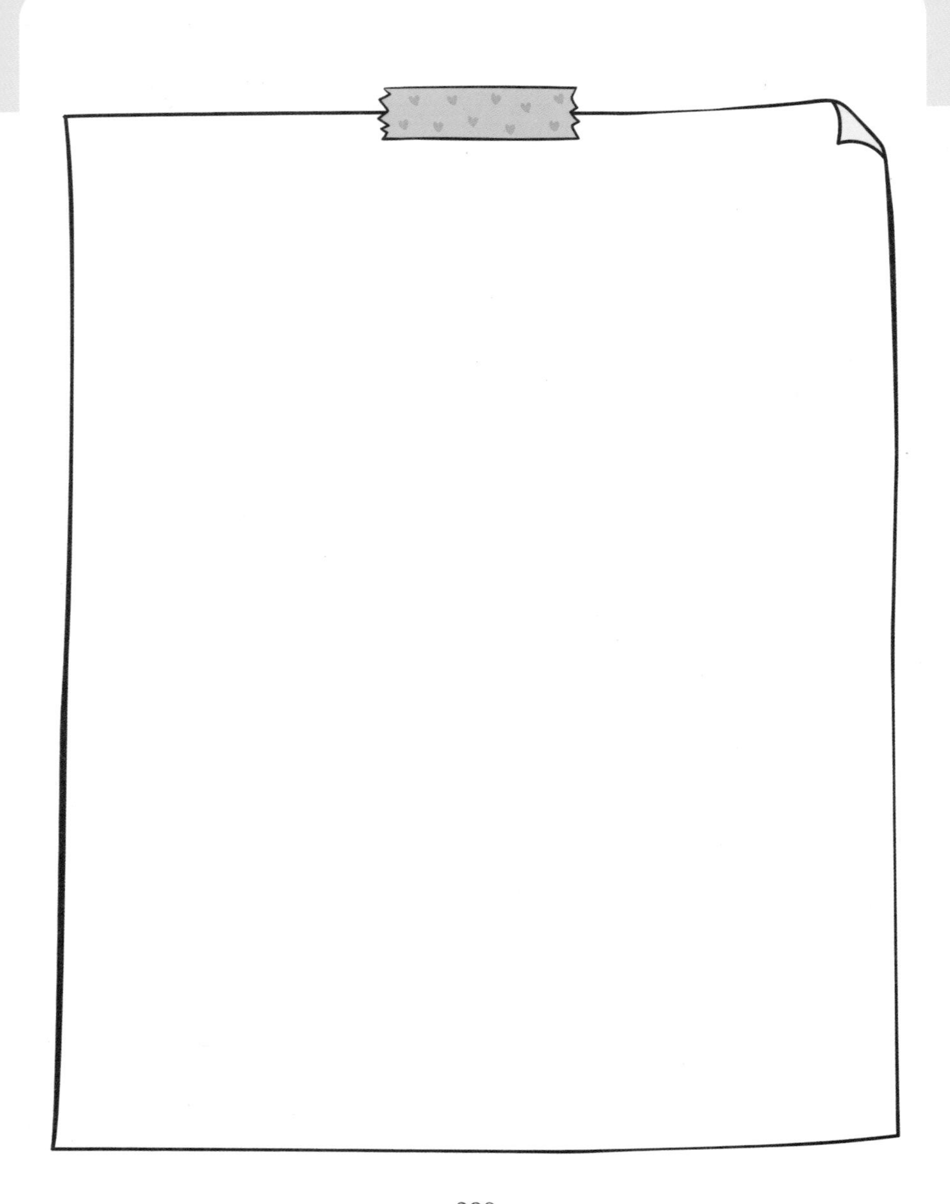

코칭을 하면서 엄마들에게 가장 필요한 것은 '온전히 나를 위한 시간'이라는 생각이 들었다.

보통 코칭은 1시간 정도 걸리는데, 엄마들은 나와의 코칭 시간, 그 1시간을 확보하기 어려워했다. 장작을 팰 때, 중간 중간 도끼의 날을 점검하며 일하는 것과 점검 없이 장작을 패기만 할 때의 결과는 그리 오래 생각하지 않아도 누구나 알 것이다. 나는 그녀들에게 스스로를 점검할 수 있는 시간을 꼭 주고 싶었다. 그래서 나는 낮시간 뿐만 아니라, 밤 10시, 새벽 4시에도 그녀들이 가능하다는 시간이면 기꺼이 코칭 대화를 나누었다. 그리고 밤이 새도록, 동이 트도록 그녀들과 대화하며 함께 웃고 울었다.

시간이 지날수록 그녀들에게 일회성이 아닌 온전한 그녀만의 시간을 만들어 주고 싶다는 생각이 강하게 들었다. 나는 글쓰기 작업이 거의 마무리되어가던 올해 2월 '랜선 새벽도서관'이라는 오픈채팅방을 만들었다. 랜선 새벽도서관은 Zoom으로 새벽에 운영되는 이름 그대로 도서관이다. 새벽 5시~7시에 줌을 켜두면 원하는 시간에 자유롭게 들어와 본인이 하고 싶은 걸 하다가면 된다. 조건은 단 1가지. Zoom 비디오 화면을 반드시 켜두는 것만 지키면 된다. 함께의 힘을 느끼게 해주고 싶었다.

2021년 2월 22일 랜선새벽도서관을 오픈한 후 현재 백 명이 넘는 분들이 함께 하고 있다. 이들 중 나와 함께 시작해 랜선 새벽도서관 100일 참여 도전에 성공한 분들이 있다.

강혜원, 김경인, 김다정, 김지애, 김은정, 김현지

노은자, 박남숙, 박영애, 이미희, 이민영, 정혜연

보이지 않는 곳에서 오늘도 묵묵히 최선을 다하고 있을 그녀들의 귀한 이름을 꼭 한번 세상에 알리고 싶었다. 주인공으로 세워주고 싶었다. 앞으로 시간이 지날수록 100일 성공자는 늘어날 것이고, 200일, 300일을 향해 갈 것이다. 그리고 우리가 함께 만들어가는 미래는 더욱 반짝일 것이다.

처음에는 한 사람이 시작하지만, 나중에는 그 일대 수 십명이 같이 하게 돼요. 그러면 보통은 '처음에 누가 시작했지? 그 사람 대단하다' 하고 생각하는데, 데릭 시버스는 여기서 재미있는 메시지를 던져요. 진짜 영웅은 첫 번째 사람이 아니라 두 번째 사람이라고 말이죠. 두 번째 사람이 나서지 않았다면 첫 번째 사람은 우리 주위의 수많은 또라이 중 하나가 되었겠죠. 또라이 짓이 운동이 되기 위해서는 첫 번째 사람보다 더 중요한 첫 번째 팔로워가 있어야 하는 거예요. 한 사람이 세상을 바꾸는 게 아니라 관계가 세상을 바꾸는 거죠. 둘의 관계가 셋의 관계가 되고 넷의 관계가 되어 수많은 관계가 맺어질 때 결국 세상이 바뀌는 거지, 한 사람이 할 수 있는 일은 거의, 아니 아무것도 없어요. 그런 이야기를 하고 싶었던 거죠.

- 김상욱 외 7인 〈질문이 답이 되는 순간〉 나무의 마음 -

정말 딱 맞는 글이다. 사람들은 내가 랜선 새벽도서관을 만들어줘서 고맙다고 말하지만, 함께 한 이들이 없었다면 오늘까지 이렇게 이어갈 수 없었을 것이란 사실을 잘 안다. 누군가는 이 안에서 책을 읽고, 달리기를 하고, 글을 쓴다. 각자 하는 일은 다르지만 같은 공간에서 함께 한다는 이 느낌 하나만으로 서로가 서로에게 주는 시너지는 어마어마하다. 아이, 남편, 시댁 이야기가 아닌 그녀들이 자신의 꿈을 이야기하며 웃기 시작했다. 그녀가 웃기 시작하니 그녀의 가족이 웃기 시작했다. 내 남편도 웃기 시작했다. 내 남편이 웃기 시작하니 나도 따라 웃게 되었다. 남편이 최근 나에게 했던 말 중에 소개하고 싶은 것이 있다.

"세연아, 내가 네 책에 추천사 써줄까?"라는 말이다.

남편 김정현 님께서 건내 준 추천사 일부를 소개해본다.

민소가 3살, 도원이가 1살이던 시절 부동산 사장님과 집을 보러 다니던 차 안에서 "세연씨, 아이 키우기 힘들죠?"라는 질문에 아내는 대답 대신 울기 시작했습니다. 그냥 우는 것도 아니고 꺼이꺼이 대성통곡을 하며 울었습니다. 2살 터울 자매를 키우며 느낀 서러움이 폭발한 듯 싶었습니다. 저는 안쓰러움, 당황스러움 등 여러 감정이 교차했습니다. 결혼 전 활기차고 에너지가 넘쳐 주변 사람까지 신나게 만들던 아내는 그 이후로도 꽤 오랜 시간 경력이 단절된 채로 육아 하는 것을 힘들어했습니다. 아주 많이.

그런 아내를 위해 내가 해줄 수 있는 것은 함께 아이를 돌보고 시간을 보내는 것들이었는데, 그것만으로는 채워지지 않는 무언가가 있는 것 같았습니다. 그렇게 힘이 없던 아내가 이제 왕복 3시간 가까이 걸리는 회사를 신나게 다니고, 밤이 새도록 대학원 과제를 하고, 동이 트기도 전에 일어나 글을 쓰고 동이 트면 달리기를 하러 나갑니다. 하루 이틀 하다 말겠지 했는데, 점점 에너지가 넘쳐 이제는 아이들과 저까지 함께 달리고 책을 보고 있습니다. 아내가 힘들어할 때는 저 역시 기운이 없었습니다. 아내가 신이 나니 온 가족이 신이 납니다. 아내에게 물었습니다. 지금 이런 에너지가 어떻게 나오는지. 아내는 망설임 없이 대답했습니다.

"지금 내가 살아있는 걸 느껴. 그런데 어떻게 가만있을 수 있겠어?"

아내가 살아있는 걸 느낀답니다. 그래서 달리기를 하고, 글을 쓰고, 해맑게 웃습니다. 아내에게 활기찬 에너지를 되찾아준 '코칭'. 그리고 그 주제로 글을 쓰는 아내가 참 보기 좋았습니다. 그러던 어느 날 망설임 끝에 아내에게 "세연아, 나도 코칭 좀 해줘."라고 쑥스럽게 말하자 아내는 나를 와락 껴안으며 말했습니다. "오빠가 나한테 했던 말 중에 가장 설레이고 달콤해." 평소 저에게 딱딱하다고 투덜거리던 아내가 저보고 달콤하답니다. 이제 그녀를 아내, 엄마, 며느리, 딸이 아닌 '권세연'으로 바로 서게 한 따뜻한 코칭 이야기가 가득 담긴 책이 세상으로 나왔습니다. 이 책이 댁에 있는 아내의 웃음을 찾아줄 책이라고 강력하게 추천합니다.

항상 뭘 해도 내 것이 아닌 것을 위해 열심히 하는 느낌이어서 늘 1%가 부족한 느낌이었는데, 남편이 써 준 추천사를 보고 그 해답을 찾은 느낌이 들었다. 내가 나로 올바로 설 때 온 가족이 행복해 질 수 있다는 것이다.

이 책을 읽고 있는 그녀와 그녀의 가족이 행복해지는데 1%라도 도움이 될 수 있기를 바라는 간절한 소망을 담아 이 책을 그녀가 있는 세상속으로 보낸다.

여전히 당신인 당신을 사랑합니다.